हिन्द पॉकेट बुक्स

लम्बी लड़की

राजेन्द्र सिंह बेदी हिन्दी और उर्दू के सफल उपन्यासकार, निर्देशक, पटकथा लेखक और नाटककार थे। इनका जन्म 1 सितम्बर 1915 को सियालकोट, पंजाब, ब्रिटिश भारत में हुआ था। यह पहले अखिल भारतीय प्रगतिशील लेखक संघ के उर्दू लेखक थे। जो बाद में हिन्दी फिल्म निर्देशक, पटकथा लेखक, संवाद लेखक बन गए। यह पटकथा और संवाद में ऋषिकेश मुखर्जी की फिल्म अभिमान, अनुपमा और सत्यकाम और बिमल रॉय की मधुमती के कारण जाने जाते हैं। इनका *एक चादर मैली सी* बहुचर्चित उपन्यास है, जिस पर फिल्म का निर्माण भी हुआ।

लम्बी लड़की

राजेन्द्रसिंह बेदी

हिन्द पॉकेट बुक्स
पेंगुइन रैंडम हाउस इम्प्रिंट

हिन्द पॉकेट बुक्स

यूएसए। कनाडा। यूके। आयरलैंड। ऑस्ट्रेलिया। सिंगापुर
न्यू ज़ीलैंड। भारत। दक्षिण अफ्रीका। चीन

हिन्द पॉकेट बुक्स, पेंगुइन रैंडम हाउस ग्रुप ऑफ़ कम्पनीज़ का हिस्सा है,
जिसका पता global.penguinrandomhouse.com पर मिलेगा

पेंगुइन रैंडम हाउस इंडिया प्रा. लि.,
चौथी मंजिल, कैपिटल टावर -1, एम जी रोड,
गुड़गांव 122 002, हरियाणा, भारत

पेंगुइन
रैंडम हाउस
इंडिया

प्रथम संस्करण हिन्द पॉकेट बुक्स द्वारा 1962 में प्रकाशित
यह संस्करण हिन्द पॉकेट बुक्स में पेंगुइन रैंडम हाउस द्वारा 2022 में प्रकाशित

10 9 8 7 6 5 4 3 2

ISBN 9789353493905

मुद्रकः रेप्रो इंडिया लिमिटेड

www.penguin.co.in

लम्बी लड़की

आखिर जब मुन्नी सोही पांच फुट आठ इंच की हो गई, तो दादी रुक्मन ने अपना सिर पीट लिया।

"अरे, मैं तेरे लिए वर कहां से गढ़ाके लाऊंगी?" वह अपने ढाई बाल नोचते हुए बोली और अब के सचमुच रोती हुई वह अपने ढीले-ढाले, बूढ़े और बीमार पलंग में पीछे की तरफ यों जा धंसी जैसे कुल्हड़ से पानी छलककर कच्ची ज़मीन में कहीं गुम हो जाता है।

मुन्नी सोही क्या जवाब देती! उसने पहले अपनी तरफ देखा और फिर बेबसी में दादी रुक्मन की तरफ, जैसे वह कह रही थी—इसमें मेरा क्या कसूर? ···मुन्नी तो अपनी लम्बान से आप ही शर्मिन्दा थी, जैसे जवानी के अचानक धावे के बाद हर क्वांरी घबरा उठती है। कोई पूछे, जब पेड़ पर फल लगते हैं, पकते हैं, तो क्या पेड़ घबराने-शर्माने लगता है?

पलंग के पास अखरोट की एक तिपाई रखी थी, जिसपर विश्वास के रंगों से कढ़ा हुआ एयरटेक्स का एक कपड़ा पड़ा था और उसके ऊपर पांडवों के ज़माने की, पुराने छापे की एक गीता, जिसके पन्ने खुले हुए थे और हवा में उड़ रहे थे। गीता हमेशा दादी के सिरहाने पड़ी रहती। हां, दादी का क्या पता—अब हो, तब न हो! बयासी बरस की उम्र थी उसकी और जहां घर और इस तेली मोहल्ले की बेआसी बढ़ती जा रही थी, दादी मां की उम्मीदें जवान हो रही थीं। वह कुछ नहीं तो कम से कम इतना ही और—बयासी

साल और—जीना चाहती थी, जैसे अभी कोई स्वाद नहीं आया। आया है, तो अभी आया है। उसकी धुंधली पर बेचैन आंखें न मालूम और किस विचित्र घटना को ढूंढ़ती थीं! मुंह किस ज़ायके-चटखारे की तलाश में था! उसका चेहरा पेड़ पर से गिरे हुए पीपल के पत्ते की तरह था, जिसमें रंगों और रेशों का एक जाल-सा नज़र आता था। हरियाली कहीं नाम को न थी।

दादी रुक्मन की हरियाली कहीं न कहीं ज़रूर अटकी हुई थी। दौरे के समय वह खांसती, हवा से हवा ही में हवा की थैलियां भरती, वातावरण में फुहारें छोड़ती हुई बेदम, बेसुध होकर पीछे की तरफ लुढ़क जाती। आंखों की पुतलियां ऊपर की तरफ सिमटती हुई दशम् द्वार को देखने लगतीं। प्राण पांच चक्रों में से निकलकर छठे में चले आते। गले का घुंघरू बजने लगता। भाभी शीला पेटीकोट ही में भागी आती; दादी को आखिरी सांसों में देखकर आंखें फैलाती, चिल्लाती: "हाय! कोई उनको खबर करो··· !"

मुन्नी सोही दौड़ती, रोती, पुकारती हुई आती, "बापू, कहां हो? दादी गई!" और फिर दादी से लिपट जाती, "दादी, मैं बे-मां की बेटी···मुझे छोड़ न जाना···।"

और फिर भाभी शीला और मुन्नी सोही मिलकर गीता के सत्तर-हवें अध्याय का पाठ शुरू कर देतीं। समाप्ति के बाद उसका फल दादी के निमित्त अर्पण कर देतीं, ताकि दादी की जान आसानी से निकल जाए। एक तो वैसे ही मौत के वजूद का अहसास, उसपर आवाज़ों में डरता-कांपता हुआ तरन्नुम···पूरे वातावरण में डरावनी, घिना-वनी-सी झंकार पैदा हो जाती। फिर एकाएकी कोई शून्य, जिससे घबराकर मुन्नी पुकार उठती: "दादी-ई-ई-ई-ई-ई—" और उसकी आवाज़ चौखूंट गूंज जाती। जभी भाभी बुढ़िया के भाग्यहीन माथे, कर्महीन हाथ और चरित्रहीन शरीर पर हाथ दौड़ाते हुए कहती: "गई!" और फिर: "अरे कोई नीचे उतारो, दीया करो; बेगति मर गई, तो खरचा कौन करेगा? कौन पण्डितों को रुपये पूजेगा? सत्तरह रुपये नौ आने तो खाली यहां से हरिद्वार का किराया है!"

और दादी को यों घसीटकर पलंग पर से नीचे फेंका जाता

जैसे मैले गिलाफ को सिरहाने से उतारकर धुलाई में फेंकते हैं। उसे ज़मीन पर डालते ही मुन्नी सोही रसोई की तरफ लपक जाती और थोड़ी देर के बाद आटे का दीया, दीये में घी और घी में रसी-बसी रुई की बत्ती और हाथ में माचिस लिए आती। घबराहट और हवा में जल्दी-जल्दी दो-चार तीलियां फूंकती हुई दीया जलाती, दादी को रोशनी दिखाती, ताकि भंवर-गुफा में भी जाए तो ठोकर न खाए··· हाथ पर दीया रखने के बाद मुन्नी डरी-सहमी हुई एक तरफ खड़ी होकर भाभी की आवाज़ में आवाज़ मिलाती हुई 'हरि ओम्, हरि ओम्' का जाप करने लगती और फिर गायत्री का सहारा लेती, 'ओ ऽ म् भूर्भुवः स्वः···।' जब शीला भाभी को यकीन हो जाता कि बुढ़िया का सांस निकल चुका है, तो वह ज़बरदस्ती के आंसू बहाने लगती। हां, मुन्नी के आंसू सच्चे मोती होते। दादी के सिवा उसका सहारा था कौन? मां गई, अब दादी भी गई, तो उसकी परतीति कौन करेगा? उसके उस झूठ की गवाही कौन देगा, जो हर औरत, हर कमज़ोर मर्द को बोलना ही पड़ता है? फिर उसके अल्हड़ से तिरिया चरित्तर पर कौन पर्दे डालेगा? शादी तो होगी नहीं। कौन लड़का देखने के लिए गली-मोहल्ले के हर आते-जाते के पीछे पड़ेगा? फिर इतना लम्बा लड़का मिलेगा भी कहां से? छोटे कद का कोई ब्याहेगा नहीं। ब्याहेगा, तो बसाएगा नहीं। मगर दादी रहेगी भी, तो कब तक? इस संसार के भवसागर की तो कोई थाह ही नहीं, कोई दूसरा किनारा ही नहीं। कौन अंगुली पकड़ेगा? कौन पार कराएगा?

···देव भैया हैं, तो अपनी ही मौज, अपनी ही बहार में रहते हैं। सुनते हैं यहां से दो-तीन बाज़ार परे 'कर्मरोग (टी० बी०) वाले अस्पताल' में कोई नर्स है···उसके साथ रात जागते हैं। पहले तो घर आते ही नहीं। आते भी हैं, तो मुंह से, शरीर से भभाके छूट रहे हैं—कुछ शराब के, कुछ नर्स के। यों भैया को नशा कम होता है; पर यह साबित करने में कि उन्होंने नशा किया ही नहीं, पकड़े जाते हैं। हां, बिन पिए भला कौन है, जो यों धीरे-धीरे, टिका-टिका-कर पैर ज़मीन पर रखता है? आदमी, आदमी होता है; कोई मोर

तो नहीं। फिर न ज़्यादा हंसते हैं, न खफा होते हैं। आखिर भाभी से जबरजंग होती है। वे उसे नल के चौबच्चे में पटक देते हैं। वह बरतनों में से कांसे का तबल उठाकर उनके सिर पर दे मारती है। वे सवाल में मारते हैं, यह जवाब में दांतों से काटती, नाखूनों से नोचती है। जाने यह औरत-मर्द का नाता ही मारपीट का है···!

···फिर बरतन गली में फेंके जाते हैं—जो बरतन नहीं रहते, एक तरह का न्यौता बन जाते हैं। क्या बड़े, क्या छोटे, गली के सब इस घर में आ धमकते हैं। बड़ी-बड़ी नसीहतें, बड़े-बड़े भाषण देते हैं। लड़ाई क्या मिटाते हैं, और झगड़ा बढ़ाते हैं। भला लड़ाई के मिटाने में कोई अपनी आस्तीनें भी चढ़ाता है! ···भीतर से वे कितने खुश होते हैं, यह आप भी नहीं जानते! फिर कपड़े फाड़े जाते हैं। पहले तो भाभी बेपर्दा हो जाने के डर से हार मानती हुई अन्दर भाग जाती थी, पर एक दिन ऐसा आया कि वह सबके सामने खड़ी थी—नंगी! उसपर दोनों हाथ कूल्हों पर रखे हुए, मजिस्ट्रेट की तरह···! हे राम! एक पहरावा भगवान देता है, दूसरा इन्सान। इन्सानों में रहना हो, तो उनका पहरावा पहनना ही पड़ेगा। और भाभी इन्सान में भगवान का पहरावा पहने खड़ी थी···!

यही भाभी पहले बात-बात पर मायके की धमकी दिया करती थी। झट से लहंगा संभालती, इक्कां मंगवाती और चल देती। पर अन्त में वह समझ गई। अब इक्का नहीं धक्का भी मिले, तो वह नहीं जाती! क्यों जाए? घर औरत का होता है। मर्द-मुसाफिर इस बात को क्या जाने? उसका 'बाहर' होता है इसलिए वहीं जाए।

दूसरी तरफ बापू हैं। जब पुलिस में डिप्टी थे, तो क्या खड़का-दड़का था उनका! मजाल है जो घर में देर से बत्ती जले। खाने में नमक ज़्यादा पड़े। ऐसे में थाली सुदर्शनचक्र की तरह घूमती, टन-टनाती हुई, आंगन में होती थी कटोरियों समेत और ऐसी गालियां सुनने में आतीं जो चौक में भी न बकी जातीं। उधर मां गई, इधर बापू को न जाने क्या हुआ। ऐसी उदासी पकड़ी जिसकी कोई थाह नहीं; जैसे वानप्रस्थ ले लिया हो। औरत का राज अपने मर्द से होता है, तो मर्द का भी औरत ही से होता है। अब वे सुबह-सवेरे

निकल जाते हैं और सेम वाली नहर के पास, अखाड़े की बगल में एक फुटकल, पाखण्डी महात्मा से तुलसीजी की चौपाइयां सुना करते हैं। या वे महात्मा ठीक से अर्थ नहीं करते या बापू अपने मतलब का मतलब निकाल लेते हैं और फिर उदास हो जाते हैं। रात को घर आते हैं, तो चोरों की तरह—पैर संभाल-संभालकर ज़मीन पर रखते हुए। घर-भर में डर के मारे कोई उनसे कुछ नहीं कहता। अक्सर तो कोई खाना भी नहीं पूछता। जब बोला-गर्जा करते थे, तो कोई जवाब भी देता था। अब वे चुप हैं, तो सारा संसार चुप है। सभी इस बात से डरते हैं कि वानप्रस्थ लिया, तो संन्यास भी ले सकते हैं। फिर पेंशन घर में न आई, तो गुज़ारा कैसे होगा? भैया की साइकलों की दुकान तो चलती नहीं। नर्स के लिए जो बीच में गोलमाल किया था, उसीके कारण एक दिन बैठे-बिठाए उनकी एजेन्सी बन्द हो गई।

भैया यों नहीं आते, बापू घर में नहीं रहते। अब यहां औरतों का राज है। हम औरतें सभी राज की इच्छा किया करती हैं, पर जब मिल जाता है, तो सिर पीट लेती हैं: ना बाबा, ऐसा राज किसी-को न मिले। वह घर ही क्या जिसमें मर्द न आए, हुक्म न चलाए, हर रोज़ कोई नया ही झगड़ा-फसाद न मचाए। औरत बैरन आखिर तो मर्द ही के नाम से जानी जाती है। मर्द क्या हैं?—दादी से पूछो, भाभी से पूछो, सामने वाले शाहिद मियां की आपा से पूछो, मुझसे···पर मेरा तो वो आएगा ही नहीं। आएगा भी, तो चला जाएगा। त्यागी जात की हम औरतों की किस्मत ही ऐसी है!

जभी शीला भाभी को दादी मां का माथा गरम दिखने लगता। "यह तो," वह माथे पर हाथ मारते हुए कहती, "जी रही है!"

मुन्नी सोही छटपटाके लम्बे-लम्बे हाथ-पैर मारती हुई सोच-विचार के हिचकोलों से निकलती और लपककर दादी मां के माथे पर हाथ रख देती, जो उसे अपनी जवानी और उसकी गर्मी के कारण वैसे ही बर्फ का बर्फ मालूम होता और फिर थोड़ा गर्म। जभी दादी का कांपता हुआ हाथ ज़िन्दगी की ताईद में उठ जाता। सोही मरी-मरी जी उठती, शीला जीते-जी मर जाती।

"दादी को ऊपर डालो, शीला भाभी," मुन्नी चिल्लाती।

भाभी माथे पर सात ठीकरे फोड़ती हुई कहती, "तुम डालो तो डालो···मुझसे नहीं उठाया जाता यह गीला लक्कड़!"

मुन्नी अपनी लम्बी-चौड़ी बांहों में दादी को उठाती और फिर से पलंग पर लिटा देती। कुछ ही देर में रुक्मन बोलने योग्य हो जाती, होश में आते हुए जिस पहले शब्द का उच्चारण करती, वह 'मुन्नो' होता, जिसके जवाब में मुन्नी भी हमेशा बुढ़िया को पुचकारते हुए बोल उठती: "ददिया!" जभी ऐसा मालूम होने लगता जैसे दादी मुन्नी है और मुन्नी दादी। दरअसल मुन्नी और दादी एक-दूसरे की तरफ चलती हैं, तो बीच में कहीं ऐसे मोड़, ऐसे नुक्कड़ पर मिल जाती हैं, जहां मां खड़ी होती है, जो कभी अपने-आप बूढ़ी हो जाती है और कभी बच्ची। बच्ची हो या बूढ़ी, औरत से मांपने का इल-ज़ाम तो टल ही नहीं सकता। वह उसीके मल-मूत्र में जीती, उसी-में मर जाती है, और मरदुए यही समझते हैं, उसकी आई थी, इसलिए चली गई।

"तूने मुझे पुकारा ना?" दादी मुन्नी से पूछती।

"नहीं तो," मुन्नी जवाब देती, "मैंने तुझे नहीं पुकारा।"

दादी चेतावनी की मुद्रा में अंगुली उठाते हुए कहती, "देख, मैंने तेरे बाप को जन्मा है," और फिर—"मैं सब जानती हूं तेरे चलित्तर। औरत में चार सौ चार चलित्तर होते हैं, पर तुझमें चार सौ पांच हैं।"

इस प्यारी-सी फटकार के बाद मुन्नी थोड़ा और भी दादी के पास सरक आती, "तेरी सों दादी···।" और फिर एकाएकी मुन्नी को याद आ जाता···हां, हां! बेबस होकर उसने दादी को आवाज़ दी थी। शायद यही आवाज़ थी जो खण्डों-ब्रह्माण्डों को चीरती हुई दादी तक जा पहुंची और उसे फिर इस संसार में ले आई। पर मुन्नी जानती थी कि ऊपर जाती हुई दादी भी तो मुड़-मुड़कर नीचे देखती होगी। वह जाना नहीं चाहती थी। अभी कई काम थे, जो अधूरे रह गए थे, जिन्हें वह निपटाना चाहती थी। मुन्नी आखिर मान जाती, "हां दादी, मैंने पुकारा था, मेरी और सुनता कौन है!"

गली-मोहल्ले की कुछ औरतें मिज़ाजपुर्सी के लिए आ जातीं। शीला भाभी कुछ देर खड़ी रहती और फिर दादी-पोती के बीच यह अनोखी इश्कबाज़ी देखकर नाक-भौं चढ़ाती हुई अन्दर रसोई-भंडारे की तरफ चल देती।

दादी रुक्मन फिर उठना चाहती। बुढ़ापे में और तो सब चीज़ें इन्सान उठा लेता है, पर अपने-आपको उठाना बड़ा मुश्किल है। असल में बोझ शरीर का नहीं होता, मन का होता है। दादी, जो कुछ ही देर पहले मर रही थी, औरतों की मदद लेने से इनकार कर देती। मुन्नी के बढ़े हुए हाथ को भी झटक देती और उठकर बैठ जाती और मुन्नी की तरफ देखते हुए कहती, "यही मेरी दुश्मन है, गुल्लू की मां!"

गुल्लू की मां करीब होते हुए पूछती, "क्यों मां, मुन्नी कैसे दुश्मन हो गई?"

"मैं अच्छी-भली जा रही थी," दादी रुक्मन कहती, "इस सड़ुन्नी ने न जाने दिया!"

प्यार से दी हुई इस गाली से मुन्नी के सारे छोटे-मोटे डर, सब दुःख-दलिद्दर दूर हो जाते। ऐसे में दादी दुश्मन की बजाय मुन्नी को सज्जन कह देती, तो क्या होता? फिर दादी को वे सारे दृश्य याद आ जाते, जो उसने थोड़ी देर की मौत में देखे थे। "कितनी सुन्दर बाटिका थी, जमना!" वह सामने देखते हुए कहती जैसे अब भी वाटिका दिखाई दे रही हो: "चहुं ओर हरी-भरी बेलें और उन बेलों में फूल, उन फूलों में परकास, जिसमें बड़े-बड़े रिषी-मुनी बैठे अखंड कीर्तन कर रहे थे···!"

गुल्लू की मां, जमना, मुन्नी सब श्रद्धा से सुनने लगतीं। दादी कभी आहिस्ता, कभी तेज़, अन्दर का सब विज्ञान लुटाने लगती, "करोड़ों सूरजों का उजियाला···फिर गर्मी नाम को नहीं। ऐसी ठंडक जो दग्ध से दग्ध मन को हरा कर दे। ऐसा सुख पहुंचाए, जो कहने में न आए। बस एक ही आग थी, जो बार-बार मेरी ओर लपक रही थी···।"

"आग?···आग कैसी, मां?"

दादी मुन्नी की तरफ इशारा करते हुए कहती, "इस निपूती की आवाज़···!"

जमना बोल उठती, "पर आवाज तो शबद होती है, दादी···!"

"मूरख हो ना," दादी झल्लाकर जमना से कहती, "इतना भी नहीं पता, अन्तर में शबद और परकास में कोई भेद नहीं होता!"

"धन्य हो," जमना कहती और दोनों हाथ जोड़कर नमस्कार कर लेती।

"धन्य हो, दादी!" बाकी की भी पुकार उठतीं।

और फिर दादी बराबर बोलती जाती, जैसे कोई चाबी लग गई या जैसे कुछ देर पहले की चुप का घाटा पूरा कर रही हो। फिर इस उम्र में, जब कोई किसीकी नहीं सुनता, जमना और गुल्लू की मां के से श्रोता मिल जाएं, तो और क्या चाहिए! उन सबको ज़ोर-ज़ोर से सिर हिलाते हुए देखकर मुन्नी डर जाती। पहले भाई और भाभी के झगड़े के कारण घर-भर लोगों की आवा-जाई का केन्द्र बना हुआ था, अब दादी के देवी बन जाने की वजह से। जब और भी औरतें आने लगतीं, तो चार सौ पांच चलित्तर वाली मुन्नी दादी की बात काट देती, "अच्छा दादी···वहां सुरग में तुझे दादा न मिले?"

एकाएकी दादी के डाल पर से गिरे हुए, सूखे पत्ते के रगों और रेशों में हरियाली दौड़ जाती और नवब्याहता की तरह वह शरमाते हुए कहती, "मिले क्यों नहीं री मुन्नी!"

एकदम पासा पलट जाता। वही औरतें एक-दूसरे के कूल्हों में टोहके देने लगतीं और इशारे-इशारे में कहतीं, "सुनो, सुनो!"

"तब वे क्या बोले?" मुन्नी पूछती।

"पेड़ों की लस्सी मांग रहे थे।"

मुन्नी, जमना और गुल्लू की मां और दूसरी औरतों की तरफ देखते हुए कहती, "दादाजी को बहुत पसन्द थी पेड़ों की लस्सी।" और फिर दादी से बोलती, "क्या वहां सुरग में पेड़े भी नहीं, ददिया?"

"पेड़े भी नहीं, खट्टी कढ़ी भी नहीं।" खट्टी कढ़ी दादी को बहुत

पसन्द थी!

"ऐसे सुरग में जाने का क्या फायदा?" मुन्नी कहती।

"वही तो," दादी अपने भोलेपन में जवाब देती, "कल तुम देवी के पुजारीजी को न्यौता देना और साथ में पंडित रलियाराम को भी। खूब खाना खिलाना और पेट-भर के पेड़ों की लस्सी पिलाना।"

औरतें अपनी हंसी दबातीं। मुन्नी कहती, "हां दादी···यह कोई सुरग थोड़े है, जहां पेड़े भी न हों।"

और दादी सामने देखकर बोलती जाती, "कैसे सामने आकर खड़े हो गए···मन्दर की हीरों-जवाहरों से जड़त-मढ़त चौखट में। वैसे ही शेर जवान, यह चौड़ी-चकली छाती, लट-लट करता हुआ चेहरा, उसपर ये बड़े-बड़े मूंछों के काले गुफ्फे···!"

"काले गुफ्फे!" मुन्नी कहती, "अभी तक उनकी मूंछें काली है!"

दादी पोपले मुंह के साथ थोड़ा हंस देती, "पागल है न···काल भगवान की मार वहां तक नहीं पहुंचती, मुन्नो। वहां जवान बूढ़े नहीं होते। मैंने देखा, उनके पास एक सुन्दर, सजल लड़की थी। क्या रूप था उसपर···!"

"क्या बात कर रही हो, ददिया?" मुन्नी बोल उठती, "वहां भी दादा···!"

"हां,···यह भी तो पूछ, वह थी कौन?"

"क···कौन?"

"वह मैं थी—जब ब्याही आई थी।"

इसपर सब हंसी के मारे लोट-पोट होने लगतीं। उनकी हंसी न सुनाई देती तो दादी को, और वह कहे जाती, मेरा हाथ पकड़कर बोले—तुम आ जाओ, रुक्मन···अब नहीं रहा जाता···।"

यह औरतों के सब्र की हद थी।

दादी बोलती, "मैंने हाथ छुड़ा लिया, कहा—मैं अभी नहीं आ सकती, जगन के पिता! अभी कुछ देर और मेरी राह देखो। मुझे दुनिया में बड़े काम हैं!" और दादी के चेहरे पर की नहरों और

झीलों में झर-झर बहते पानी को देखकर औरतें एकदम चुप हो जातीं। दादी एक हाथ तिपाई पर पड़ी गीता पर रख लेती और दूसरे से धोती का पल्लू थामती, आंखें पोंछती हुई एक ज्योतिहीन निगाह मुन्नी पर डालती और बिलबिला उठती, “हाय री सोही··· तू किसे सोहेगी !”

इस एक ही बात में औरतों का अन्दर-भर पानी होकर आंखों में चला आता। आखिर वे उठतीं, हाथ जोड़कर नमस्कार करतीं, ‘धन्य हो, धन्य हो, मां’ कहती हुई एक-एक करके चल देतीं···।

जगन्नाथ त्यागी और उनके बेटे देवेन्द्र त्यागी के मकान डिप्टी भवन में काले भी आए और गोरे भी आए, पर मुन्नी सोही के रंग का एक न आया। उसके कद-काठ को कोई न पहुंचा।

मुन्नी सोही खाली-खूली लम्बी ही न थी, बदन भी भरा-पूरा था और रंग अपने लहू की आग में जलते रहने से तांबे का सा हो गया था। कभी तो वह कोणार्क के मन्दिर की, तांत्रिक शिल्पियों के हाथ से बनी यक्षी मालूम होने लगती और कभी एक बड़ी-सी देग, ब्याह-शादियों में जिसमें हलवा या उड़द पकाए जाते हैं और जिसके नीचे बराबर की आंच के लिए मनों ही लकड़ियां डालनी पड़ती हैं और फिर क्या हलवा बनता है, क्या उड़द होते हैं··· ! गली-बाज़ार में निकलती सोही अपने-आपसे भी एक फुट आगे चलती, जैसे कह रही हो, ‘हट जाओ, मैं आ रही हूं’। लोग रास्ता दे देते, पछाड़ें खा-खाकर पीछे गिरते जैसे डिप्टी जगन्नाथ की नहीं, किसी राजा की बेटी आ रही है।

त्यागी कुल की सभी बेटियां ऐसी ही हुईं—छः-छः फुट की और बेटे छोटे, कमीने और व्यक्तित्वहीन-से। सब बेटियों की शादी में यही मुसीबत होती, यही उलझन। ऊपर तीन-चार पुश्त में कोई ऐसी बहू आई कि पूरे कुल की तबाही ले आई। ऐसा सिलसिला शुरू हुआ कि रुकने का नाम ही न लिया। दादा पहले आदमी थे, जिन्होंने खानदान को इस बरबादी से बचाने की कोशिश की। दादी छोटे कद की लाए—मतलब अपनी बीवी—मुन्नी की दादी। खुद मुन्नी

की मां बीच के कद की थी। देवेन्द्र की बीवी शीला फिर नाटी, बल्कि बौनी। दादा के हिसाब से इस पुश्त में औलादों के ठीक होने की उम्मीद थी। पर शीला ने मोती तो दबोच ही लिए, लाल भी न उगला। सब डरते भी थे न, कि बेटियां छोटे कद की हुईं तो बेटों का क्या होगा?···पर इस वक्त तो मुन्नी का सवाल था, लो अब पांच फुट नौ इंच की हो गई थी!

कितनी गर्मियां आईं और कितनी गईं। कितनी सर्दियों ने ठंडा किया। बहारें गईं और पतझड़ें भी। सामने शाहिद भैया के मकान के बाहर जो कचनार का पेड़ लगा था, उसने कई हरे-ऊदे कोट पहने और उतार भी दिए। डिप्टी भवन के बाहर बढ़ाव के नीचे जो शहतीरी डाली थी उसमें झुरियां भी चली आईं। बरसात सोलह-सोलह बत्तीस-बत्तीस आंसू रोई और नये मकानों पर हरी और काली काई छोड़कर जैसे अपनी ससुराल चली गई। पर मुन्नी वहीं थी—तेली मोहल्ले की रौनक, श्याम गली का मज़ाक। अब की साल जो गर्मी पड़ी तो हद हो गई। बरसों में ऐसा उमस कभी न हुआ था। जमना की दोनों गायों का दूध थनों में सूख गया। पहाड़ों पर चले जाने के कारण गुल्लू की मां के घर उल्लू बोलने लगे, दिन की रोशनी में उड़ने लगे··धरती से गुब्बार उठते और अपने दिमाग आसमान पर छा जाते। बादल आते भी तो गरजे-बरसे बिना ही निकल जाते, जैसे किसी बगिया की सैर करने आए हों। एक धूल-सी थी, जो हर वक्त छाई और बुद्धि को कुंठित किए रहती। इस मिट्टी और गर्द से यों मालूम होता था, जैसे धरती आसमान की तरफ उछल रही है और आसमान धरती की तरफ लपक-लपक जाता है। इस हबस और हबस में ऐसी लपक-झपक से यह पता चलता जैसे पूरी सृष्टि को हिस्टीरिया हो रहा है।

और तो और, आपा फिरदौस, शाहिद की बहिन, जो दो साल से भाई के घर बैठी थी, चली गई। दूल्हा भाई ने पैर पकड़े, माफियां मांगीं, तोबा में कान लाल किए और आपा को ले गए। शाहिद मियां कोई ऐसे ही थोड़े भेजनेवाले थे। बीच में उस काज़ी को भी ले आए, जिसने निकाह पढ़वाया था और हके-महर बांधा था।

आपा फिरदौस के रुखसत होते वक्त मुन्नी इतना रोई कि तालाब भर गए। आपा ने बहुत प्यार किया, बहुत तसल्ली दी और कहा, "मैं फिर आऊंगी, मुन्नो। तेरी शादी पर तो इन्शा अल्लाह ज़रूर आऊंगी।" मुन्नी सोही ने फरियादी नज़रों से आपा फिरदौस की तरफ देखते हुए कहा, "तब तू न आई, आपा!"

दिगम्बरों की बहू त्र्यम्बिका बाई ने कहा, "सहेली के जाने पर थोड़े कोई इतना रोता है!" तब मुन्नी ने अपने आंसुओं को खून बनाया और पी गई···पर दादी थी, जो खून को आंसू बनाती रही। शीला अब उससे तंग आ चुकी थी, इसलिए भी कि दादी अब पलंग ही पर चादर गीली कर देती। देवेन्द्र कितना भी शराबी-कबाबी था, मगर दादी से प्यार करता था। प्यार मर्दों को सस्ता पड़ता है, इसलिए कि मरना नहीं पड़ता। बस, खाली-खुली हमदर्दी जताई, दुनिया की नज़रों में, अपनी निगाहों में अच्छे बने और चल दिए। दादी के पलीत किए हुए कपड़े मुन्नी धोती थी। इसपर भी शीला नाक पर दुपट्टा रखे हुए अन्दर आती, बाहर जाती। देवेन्द्र को यह दृश्य बहुत नकचढ़ा मालूम होता। एक दिन वह बोला, "तुम चाहती हो दादी मर जाए?"

"हां," शीला बेझिझक बोली।

"इसका एक ही तरीका है।"

"क्या तरीका?"

"मुन्नी का ब्याह कर दो।"

शीला सिटपिटा गई: "मैं तो कहती हूं कि दादी भी जाए, और उसकी पोती भी। मुझसे अब किसीके मरने नहीं मरे जाते!" और फिर बोली, "कल बहन तुम्हारी, ऊंची एड़ी का जूता देख रही थी···मैं तो कहती हूं कि पहने; सिर बादलों में समाए, कहीं ऊपर की ऊपर चली जाए!" देवेन्द्र चुप रहा।

"और नहीं तो क्या," शीला फिर बोली, "दोनों के लिए जमराज क्या मुझे ढूंढ़ने हैं?"

'जमराज' ढूंढ़ने की ज़िम्मेदारी चूंकि देवेन्द्र की थी, इसलिए बह कुछ न बोल सका। वह तबीयत ही से कामचोर था। हर किस्म

की ज़िम्मेदारी से घबराता था। जो काम अपने-आप हो जाए, सो हो जाए। अपने पिता जगन्नाथ की तरह वह भी अपनी इस काहिली और निठल्लेपन के सिलसिले में शास्त्रों और पुराणों की मदद लेता—मानुस का सब जतन चतुराई है। भगवान ने कहा है, तुम पूरे तौर पर अपने-आपको मेरे हवाले कर दो, तुम्हारे सब कारज सिद्ध हो जाएंगे···। काम होगा या नहीं होगा? इसलिए पचास प्रतिशत के अनुपात से ऐसे लोगों के कारज सिद्ध हो भी जाते हैं।

देवेन्द्र बरामदे से उठा, सहन में आया। एक नज़र आसमान की तरफ देखा, जहां बादल घिर आए थे। क्यों न आते! यह मौसमों का चक्कर भी एक साइकल होता है। सर्दी के बाद गर्मी, गर्मी के बाद बरसात। ऊपर भी कभी किसी गोलमाल से एजेन्सी बन्द हो जाती है···उधर बरसात की पहली बूंद गिरी, इधर गौतम, देवेन्द्र का बचपन का दोस्त कलकत्ता से चला आया, जहां उसके पास हिन्द साइकलों की एजेन्सी थी और अब यहां दीनापुर में सब-एजेन्सी कायम करने आया था।

गौतम कद के हिसाब से मुश्किल से पांच फुट दो इंच का होगा, लेकिन डीलडौल के लिहाज से अच्छा था। आंका-बांका-सा चेहरा, लाल रंग। मालूम होता था कि गालों में दो टमाटर दबाके रखे हैं। बात-बात पर उछलता, जैसे न जानता हो, इस सेहत का क्या करना है? देवेन्द्र ने गौतम को चाय पर घर बुलाया।

शीला के कान गौतम की बातें सुनते-सुनते पक गए थे, लेकिन उसने उसे देखा न था। शायद इससे पहले गौतम उस घर में कभी आया भी न था, इसलिए भाभी तो सपने में भी न देखी थी। शीला उससे यों तपाक से मिली, जैसे बरसों से जानती हो। देवेन्द्र ने शीला को चाय लाने के लिए कहा और फिर उठकर उसके कान में खुसर-पुसर करते हुए अन्दर भेज दिया।

बस यही गलती हुई। शीला अन्दर गई, तो चाय बनाते हुए मुन्नी से कह दिया, "मुन्नी, अन्दर बैठक में न जाइयो!"

"क्यों?" मुन्नी ने पूछा, "वे आ गए, भैया के···?"

"हां।"

और फिर शीला खुद केतली-वेतली निकालने लगी।

भाभी मना न करती, तो शायद मुन्नी को कुछ न होता। लेकिन अब···उसके तन-बदन में कोई आग-सी लपक आई। वह अब इस हालत को पहुंच गई थी, जिसमें लड़कियां आंखें बन्द करके सिर्फ आवाज़ें सुना करती हैं और फिर बेदम होकर गिर जाती हैं। मुन्नी के लिए शायद आवाज़ काफी न थी। भाभी के अन्दर जाते ही वह बरामदे की तरफ लपकी और सीढ़ियों पर से होती हुई नीमछत्ते पर जा पहुंची, जहां एक रोशनदान बैठक के अन्दर खुलता था।

शीला ट्रे में चाय और कुछ दाल-मोठ वगैरह लिए बैठक में आई। देवेन्द्र ने उछलते हुए कहा, "ठहरो, मैं कुछ पेड़े ले आऊं।"

"अरे, नहीं भाई," गौतम ने रोका।

"एक मिनट में आता हूं," देवेन्द्र ने कहा, "मैं जानता हूं तुम पेड़े बहुत पसन्द करते हो।" और इससे पहले कि देवेन्द्र को कोई रोके, वह निकल गया था।

मुन्नी रोशनदान से देख रही थी। गौतम आगे बढ़-बढ़कर भाभी शीला से देवर का रिश्ता जगा रहा था—देवर-भाभी का रिश्ता, जो एक तरह से हर देवर के लिए शादी की रिहर्सल होता है, जिसमें अदब की हद से परे और नंगेपन की सीमा से वरे की बातें होती हैं। भाभी चीज़ भी ऐसी होती है कि उसकी हर नस, उसका हर पोर छिड़ने के लिए तैयार रहता है। गौतम शीला से कह रहा था, "कोई ज़ोर लगाओ, भाभी, एक बेटा जन दो, नहीं यह भैया मेरा दूसरी शादी कर लेगा।"

देवेन्द्र अभी आए नहीं थे। भाभी ने दाल-मोठ वाली प्लेट सामने रखकर चाय उंडेली और कहा, "हां, देवरजी, ये कह भी रहे थे।"

"क्या कह रहे थे?"

"यही कि अब की बैसाखी तक कुछ न हुआ, तो ये दूसरा ब्याह कर लेंगे।" और शीला ने जान-बूझकर मुंह परे कर लिया, जैसे रोने लगी हो।

गौतम लपककर अपनी जगह से उठ खड़ा हुआ, "सच भाभी?" ···और उसके हाथ अनजाने ही में आस्तीनें चढ़ाने लगे, तभी उसपर

एक खिलखिलाहट सुनाई दी···भाभी हंस रही थी।

गौतम समझ गया। एक सन्तोष की सांस लेते हुए बोला, "ओह भाभी, तूने तो मेरी जान ही निकाल ली!" और फिर चारपाई पर धम्म से बैठ गया, जो सोफे के तौर पर इस्तेमाल की जाती थी।

बेवकूफ तो गौतम बन ही गया था, लेकिन इस पराजय से बचने के लिए बराबर हाथ-पैर मारता रहा। ज़ाहिर है, घर आने से पहले दोनों दोस्तों में कुछ तो राज़ो-नियाज़ की बातें हुई होंगी। चाय की प्याली थामे हुए वह शीला के करीब हो गया और कान के पास मुंह करते हुए बोला, "मज़ाक की बात नहीं, भाभी! सुना है, देवेन्द्र भैया ने एक नर्स रखी है···।"

शीला के मन में आग का एक भभका-सा उठा। सारे बदन में आग लग गई। अब वह न मज़ाक कर सकती थी और न सुन सकती थी। उसके अहं को जो ठेस लगी थी, उसमें उसने गौतम ही का तख्ता कर दिया। एकदम नाक फुलाती हुई बोली, "ठीक है···मर्द है, तो रखता है न; और क्या तुम-सा चूहा औरत रखेगा!"

देवेन्द्र पेड़े लेकर आया, तो गौतम रूमाल से अपने माथे पर से पसीना पोंछ रहा था।

मुन्नी की तलाश में दादी रुक्मन घिसटती हुई नीमछत्ते पर आई, तो देखा, मुन्नी बेहोश पड़ी है। दादी ने सिर पीटते हुए आवाज़ें दीं। शीला आई, फिर गुल्लू की मां और सबने मिलकर एक चम्मच से मुन्नी की जबाड़ी खोली। हाथ और पैर मल-मलकर सीधे किए। बड़ा ड्रामा होता, मगर गौतम तब तक विदा हो चुका था।

कच्ची-पक्की जगह, साये-आसेब की बातें होने लगीं; लेकिन भीतर से सब जानती थीं कि यह सब क्या हुआ, क्यों हुआ। मुन्नी होश में आई, तो शर्मिन्दा थी, अपने-आपसे शर्मिन्दा। "न जाने मुझे क्या हो जाता है?" वह बोली और दादी की गोद में सिर रखकर फूट-फूटकर रोने लगी।

शाम तक मुन्नी ठीक हो चुकी थी और घर का काम-काज कर रही थी।···आज शीला ने सब्ज़ी और दाल दोनों में गलती से दो बार नमक डाल दिया था। अब वह और मुन्नी दोनों डर रही थीं।

बापू आए, तो क्या होगा? वे तो साधारण नमक से भी कम पसन्द करते हैं। कहीं पुराने जलाल में आए, तो थाली-कटोरी सब बाहर फेंक देंगे।

रात को बापू आए। हिम्मत करके मुन्नी ने खाना परोसा और बापू ने खाना शुरू किया। शीला और मुन्नी दोनों की आंखें बापू के चेहरे पर जमी हुई थीं। पहला ही ग्रास बापू के मुंह में रुका। फिर उन्होंने यों अन्दर निगल लिया, जैसे रोटी नहीं हलवा खा रहे हों। शीला ने उज्रदारी करते हुए कहा, "आज नमक कुछ ज़्यादा ही पड़ गया है, बापूजी।"

बापूजी ने ऐसे किया, जैसे उन्हें कुछ पता ही नहीं। बोले, "नहीं···नहीं तो बेटा, नमक तो ठीक है, बिलकुल बराबर है।"

दो-चार निवाले और मुंह में डालते हुए बोले, "दरअसल आज मुझे भूख ही नहीं है···महात्माजी ने दोहरा परसाद दे दिया न!"

मुन्नी ने अपनी आंखें पोंछीं और दौड़कर जमना के यहां से थोड़ी दाल ले आई और बापू के सामने रखी। बापू तब तक थाली परे सरका चुके थे। शीला अन्दर बिस्तर ठीक करने के लिए चली गई थी। मुन्नी ने कटोरी थाली में रखकर उसे करीब करते हुए कहा, "खाना पड़ेगा, बापूजी!"

बापूजी को भूख तो लगी थी। चुपके से निवाला तोड़कर दाल में भिगोते और मुंह में रखते हुए अन्दर की तरफ देखा और बोले, "बहू क्या कहेगी?"

दूसरे दिन गौतम को आना था—लड़की देखने!

मुन्नी को तो कोई उम्मीद न थी। भाभी ने जो उसकी दुर्दशा की थी, उसके बाद तो कोई भी मर्द इस घर में न घुसता। पर इसका नतीजा उलटा निकला। भाभी के शब्दों ने गौतम में का मर्द और भी तेज़ी से जगा दिया।

बैठक में आज बापू भी थे, देवेन्द्र भी और दादी भी। मुन्नी को सादे मगर खूबसूरत कपड़े पहन कर एक तरफ बिठा रखा था और उसे कड़ी हिदायत थी कि उठे नहीं, वरना सब मामला चौपट हो

जाएगा। गौतम आया। उसकी पगड़ी को बहुत कलफ लगा था। शमला सिर पर एक फुट ऊपर उठा हुआ था और अपने नाटे कद के बावजूद वह लम्बा मालूम हो रहा था। आते ही उसने मुन्नी की तरफ देखा और समझ गया। क्योंकि मुन्नी की लजीली निगाहें ज़मीन पर गड़ी हुई थीं और अन्दर ही अन्दर वह कांप रही थी। उसके हाथ-पैर ठण्डे हो रहे थे।

एकाएक ही गौतम कुछ उखड़ी-उखड़ी बातें करने लगा। फिर उसने मुन्नी की तरफ देखा और अपनी तरफ से हंसने की कोशिश में देवेन्द्र से बोला, "भैया, तुम भी पानी पिओगे?"

"अरे, पानी क्यों?" देवेन्द्र ने कहा, "शरबत लाओ, शीला!"

शीला की बजाय खुद हुक्म लेने की आदी मुन्नी एकाएक उठी। दादी ने धप्प से एक हाथ मुन्नी के सिर पर मारा, "बैठी रह···"

और मुन्नी, जो आधी ही उठी थी, बैठ गई। पर उस आधी ही में वह सारी मालूम हो रही थी।

उसी शाम मोहल्ले-भर के मुंह मीठे होने लगे, बधाइयां मिलने लगीं···गौतम ने मुन्नी को पसन्द कर लिया था!

सबको यकीन हो गया था कि मुन्नी सोही जा रही है। एक नहीं यकीन आ रहा था तो दादी रुक्मन को: "मैं तो उस दिन मानूंगी, जिस दिन सच्ची यह डिप्टी भवन की दहलीज छोड़ेगी और डोली में बैठते हुए एक पायली चावलों की अपने सिर के ऊपर से फेंकेगी।" और फिर जैसे शादी में होने और न होनेवाली बातें दादी रुक्मन अपने सामने देख रही थी: 'देख बहू, गौतू का बाप डोली पर से खोटे पैसे भी फेंके तो उन्हें मोहरें समझना।' फिर इस बात का डर कि जिस बात से डरो, आखिर वही होती है।

दादी ने देवल में मूर्ति के लिए वस्त्रों की मनौती तो मानी ही थी, बुड्ढनशाह की दरगाह पर हलवे की एक देग भी मान आई। साथ वह शाहिद की मां को भी ले गई, जैसे रिश्वत के तौर-तरीकों को अच्छी तरह से न जाननेवाला किसी बिचोलिए, किसी जानकार को साथ ले लेता है, ताकि कानून कहीं उलटा ही न पड़े।

अब ब्याह के सिलसिले में चारों तरफ से हिदायतें होने लगीं।

जो जानती थीं वे भी और जो अल्हड़ थीं वे भी, अपने-अपने तरीके से मर्द को वश में करने के तरीके बताने लगीं। और फिर दादी, जिसके मर्द को गए हुए पचास साल से ऊपर होने को आए थे और जिसके विचारों में मर्द उसकी आंखों की तरह धुंधला-सा होकर रह गया था, बोली, "देख बिटिया, मैं तेरे निकट हूंगी भी और नहीं भी। हां, जहां सुहागिन खड़ी हो सकती है, वहां विधवा तो नहीं हो सकती···यही है न इस दुनिया की रीत, यही शासतर-पुरान भी कहते हैं। ठीक ही कहते हैं।"···फिर वह एक ठंडी सांस भरती, आंखें पोंछती हुई शुरू करती: "और सुन, जब फेरे होंगे ना, तो झुकके चलना, बहुत झुकके, बैरन, नहीं तो किया-कराया सब धरा रह जाएगा···देख यों···" और दादी रुक्मन सिर पर अपने बेटे जगन्नाथ की बंधी-बंधाई पगड़ी रख लेती और हाथ में कृपाण की जगह कपड़े धोने वाली थपकी, और दूल्हा बनी हुई अपनी तरफ से अकड़-अकड़कर चलती। औरतें हंसतीं, लड़कियां लोट-पोट होती हुई एक-दूसरे को दुहत्तड़ मारने लगतीं। मुन्नी शर्माती, रोती, पर दादी उसे बराबर पीछे लपककर आने के लिए कहती।

गुल्लू की मां पुकार उठती: "छः फेरे लेना अम्मा, सातवां मत लेना!"

गुल्लू की मां का मतलब था, सात फेरे हुए तो मुन्नी की दादी के साथ शादी हो जाएगी—ऐसी शादी जिसे वेद-शास्त्र तो क्या स्वयं भगवान भी नहीं तोड़ सकते!

जब मुन्नी पीछे आते हुए थोड़ा कम झुकती, दादी मुड़कर धप्प से एक हाथ उसके सिर पर मारती: "नीची, और नीची···" मुन्नी दर्द से बिलबिलाती हुई रोती भी और हंसती भी। "भाड़ में जाए ऐसा दूल्हा!" वह दादी की तरफ देखते हुए कहती, "जब वक्त आएगा, तो देखा जाएगा।" दादी उसे फटकारती, "नसीबों जली, औरत न झुके तो इस दुनिया का चक्र नहीं चलता—'निवे सो गौरा होय'—जो नीचा होता है, आखिर वही ऊंचा होता है। और फिर तू? तुझे तो और भी नीची होकर चलना चाहिए, जिसे स्वयं भगवान ने ऊंची बनाया···मर्द का स्वागत करना ही पड़ता है। वह जाचक

होता है न, हमेशा कोई दान मांगता है, जो देना ही उचित है। कभी देवी भी पुजारी पर अपने किवाड़ बन्द करती है!"

यह दादी को भी मालूम था कि देखने में यह सरकश लड़की वक्त आने पर झुकके चलना तो एक तरफ, रेंगने, लेट जाने को भी तैयार होगी।

श्याम गली में एकाएक बीसियों ही लड़कियां पैदा हो गईं। वे आज थोड़े ही पैदा हुई थीं! थीं वे यहीं—बरसों, सदियों से। बस ब्याह का शब्द उच्चारण करने की देर थी कि वे जैसे किसी जादू, किसी जन्तर के ज़ोर से बेइख्तियार, बेबस, एक दूसरे पर गिरती-पड़ती हुई कहीं से आ गईं, जैसे आमों के मौसम में बड़ी-बड़ी, हरी-नीली मक्खियां कहीं से अपने-आप चली आती हैं और जब तक कोई आम चुसता रहे, वे ज़िद के साथ इर्द-गिर्द मंडराती, भिनभिनाती रहती हैं। आते ही वे कोई ढोलक हाथ में ले लेती हैं और ऐसे-ऐसे नूरानी गाने गाती हैं, जो दादी की आंखों की तरह की धुंधली सदियों से उनके गले में अटके होते हैं।···फिर एक जीजा रार करने को मिलता है। जैसे हर औरत को बदन सहलवाने, दबवाने से एक अजीब तरह का सुख, एक खास किस्म का आनन्द आता है, ऐसे ही इन लड़कियों को भी, जब कोई जीजा या बारात में आया हुआ कोई मनचला इनके चुटकी काट लेता है और या कमर में उस जगह को छू लेता है, जहां बिजली के सैकड़ों-हज़ारों किलोवाट जमा होते हैं। ···बाहर तो कोई डर के मारे इनकी तरफ अंगुली उठाने की न हिम्मत करता है और न ये उठाने देती हैं, लेकिन शादी-ब्याह में इन बातों की खुली छूट होती है। बड़े-छोटे सब देखते हैं और मुस्करा-कर चुप हो जाते हैं।···जीजा को भी तो सालियां मिलती हैं। एक-एक साली, आधी घरवाली! इतनी लड़कियों का झुरमुट छेड़ने, प्यार करने को फिर ज़िन्दगी में कहां मिलता है?

···और ये सालियां, अपने रूप की कोई झलक दिखाकर कदम-कदम पर कोई उत्तेजना पैदा करती हुई कभी छिप जाती हैं, कभी अलोप हो जाती हैं, जैसे योगेश्वरों और तपीश्वरों के मन की मेन-काएं, अल्लाह वालों की हूरें, जो उन्हींके भीतर की कल्पना की उपज

होती हैं, जिसके कारण इन आसमानी औरतों के बदन पर एक भी तो रेखा गलत नहीं लगी होती। अगर योगी पतली औरत को पसन्द करता है, तो वह पतली होती है। भरी-पूरी का चाहनेवाला है तो वह भरी-पूरी। और योगेश्वर इन्हींके साथ आलिंगन, इन्हींके साथ प्रेम-क्रीड़ा करने के लिए मचल जाता है और आगे बढ़ने, ऊपर जाने से इनकार कर देता है। योगेश्वर को पुकारते-पुकारते शब्दरूपी गुरू का गला बैठ जाता है और ज्योतिर्स्वरूप ईश्वर की आंखों से ज्योति जाती रहती है···आखिर ये अप्सराएं, ये हूरें, योगियों और सूफियों को अपने-अपने मरतबे, अपने-अपने मकाम से गिराकर उस एकान्त मिलन-स्थल से हमेशा के लिए गुम हो जाती हैं।

मगर, यह दुनिया कितनी प्यारी जगह है, जहां के लोग खुदा ने बनाए और फरिश्तों से कहा—'इनको सिजदा करो···' सालियों के चले जाने के बाद आखिर एक दिन, एक रात महान 'वह' सामने बैठी होती है, वेदों के मंत्र और शास्त्रों के अर्थ, जिसकी तरफ कभी स्पष्ट और कभी अस्पष्ट-से इशारे करते हैं। ब्याह-शादी के गीत, जिसके लिए कम्पायमान और भट्ठों में जिसके लिए ईंटें पकती हैं। मिल में काम करनेवाले मज़दूर, जिसके लिए पान-बीड़ी की दुकान पर पहुंचकर अपनी जेब की आखिरी दुअन्नी से आंकड़ा निकालता है और सभाओं में शोर जिसके लिए बढ़ता ही जाता है···जिसको उसके बच्चे की मां होना है···इसलिए वह उस धरती की तरह डरती-सिमटती है, जिसमें किसान आता है—हल कंधे पर रक्खे हुए, जिसका तेज़ और तीखा फल अभी-अभी किसी लोहार ने किसी तेज़ आंच वाली भट्ठी में ढाला है···सिर पर पगड़ी बांधे, कलगी सजाए वह राजा जनक मालूम होने लगता है, जो धरती को उलटाएगा, तो न जाने कब से उसमें दबी हुई कोई मटकी फूट जाएगी और उसमें से बड़े ही सन्तोष, बड़े ही तप, बड़े ही प्यार वाली जनकदुलारी सीता पैदा होगी···जिसके लिए इसका महान 'वह' आता है—एक हाथ में पवित्र ग्रंथ, दूसरे में शराब लिए···इतिहास के धुंधले युगों में वह अनगिनत गोपियों से खेला है, उनके साथ बेशुमार रासें रचाई हैं और अब, उसकी आंखों में डर है, मुहब्बत और पशुता। वह समझता

है, इस बार की नई-नवेली नवयौवना सुन्दरी के शरीर पर अधिकार जमाएगा, बार-बार अपनाएगा, बेहोश हो-हो जाएगा। और नहीं जानता, वह महज़ एक तिनका है—ज़िन्दगी के तूफानी महासागर में। केवल वह एक निमित्त-मात्र है सर्जन की इस सतत प्रवाही प्रक्रिया को एक बार छेड़ देने, एक बार क्रियाशील कर देने का और फिर भूल जाने का···दुनिया के गोदामों में भरा हुआ अनाज किसी वक्त मात्र एक दाना था, जो शायद अब उस दाने को भी मालूम नहीं, क्योंकि मौत उसे लूट चुकी है, ज़िन्दगी एक बार उसके हाथों से छूट चुकी है···काश, इन्सान को यह मालूम हो जाए तो वह एक भूखे की तरह औरत की तरफ हाथ न बढ़ाए। फिर औरत भी ख्वाहमख्वाह अपनी अस्मत न बचाए, उसपर सोने-चांदी के वर्क न लगाए।

शादी को कुछ ही दिन रह गए, तो पता चला कि गौतम ने साइकलों की एजेन्सी छोड़ दी है और आसाम में डीमापुर से पचास-साठ मील दूर किसी जंगल में कोई ठेका ले लिया है, जहां महीने-भर के बाद कहीं चिट्ठी पहुंचती थी, जैसे हवाई डाक, रेलगाड़ी से नहीं, पैदल चलकर जाती हो···शादी एक अनिश्चित काल के लिए स्थगित हो गई।

दादी की तो जान ही निकल गई। उसे पसीने आने लगे—ठंडे पसीने जिनका बाहर की सर्दी से कोई सम्बन्ध न था। इससे पहले जब भी गौतम की चिट्ठी आई, दादी रुक्मन ने मुन्नी सोही को बुलाया और उसका सिर चूम-चूम लिया। बुलाया अब की बार भी, लेकिन चूमने की बजाय एक दुहत्तड़ उसके सिर पर जड़ दिया—यह लड़की ही मनहूस है, किसी मनहूस घड़ी में पैदा हुई, किसी मनहूस मां-बाप के घर जन्म लिया और अब जहां भी जाएगी, तबाही लाएगी। दीनापुर और डीमापुर तो क्या, पूरे बिहार, बंगाल, आसाम, सारे देश में तबाही और बरबादी लाएगी···फिर गीता के पन्ने खुले, फिर सत्तरहवें अध्याय का पाठ हुआ, फिर दादी मरी, फिर जी उठी, क्योंकि पाठ की समाप्ति के साथ ही गौतम की चिट्ठी चली आई थी, जिसमें लिखा था—'अगले साल मई की बीस तारीख का मुहूर्त निकला है···' दादी समझे बैठी थीं कि गौतम ने कहीं मुन्नी को चलते हुए

देख लिया है और कुछ सोच लिया है, लेकिन उसे क्या मालूम, मुन्नी—बैठी हुई मुन्नी—की भरपूर मांसलता ने गौतम के पूरे मन की कुछ यों घेरेबन्दी कर रखी थी कि वहां अब किसी और सोच, किसी और समझ की गुंजाइश ही न थी। शादी का स्थगित होना तो एक मजबूरी थी।

दादी एक बार फिर दिन और महीने गिनने लगी, जैसे विधवा छत की कड़ियां और रंडवा आसमान के तारे गिनता है। फिर एका-एक इंसान तो क्या, वह भगवान, आग, पानी, हवा सबको गालियां देने लगती। उसमें सब्र तो हद दर्जे का था, लेकिन कृतज्ञता नाम को भी नहीं।···जब तक मुन्नी पांच फुट सवा दस इंच की हो चुकी थी। उसकी कहानी उस किस्से की तरह हो गई थी, जिसमें किस्सा कहने-वाला अपना सिर बचाने के लिए बादशाह को ऐसी कहानी सुनाता है, जो खत्म नहीं हो सकती—सूराख में से चिड़िया आई और दाना ले गई, चिड़िया फिर आई और एक दाना और ले गई···और कोठरी दानों से भरी पड़ी थी, आसमान सितारों से पटा हुआ था। शाहिद मियां के घर के पास कचनार में हज़ारों-लाखों कोंपलें फूट रही थीं··· मालूम होता था कि ब्याह और सिर्फ ब्याह ही इस अन्तहीन क्रिया को रोक सकता है; नहीं तो कोई दिन मुन्नी का सिर आकाश में होगा और वह ऊपर की ऊपर चली जाएगी, जैसे कंस के पटक देने से महामाया बिजली बनकर आसमान की तरफ लपक गई थी।

"जब तक तो गौतू भी लम्बा हो चुका होगा!" दादी कहती।

"क्या पता?" जमना कहती। फिर दिगम्बरों की बहू त्र्यम्बिका बाई एक कदम आगे बढ़कर बोल उठती, "हो सकता है, इंच दो इंच छोटा भी हो गया हो!" और फिर वे एक-दूसरे को टोहके देती हुई मुस्कराने लगतीं।

"अरे!" दादी त्र्यम्बिका बाई को फटकारती, "मैं इतना भी नहीं समझती, निपूती! एक बार जो बढ़ जाए, फिर नहीं घटता!" और फिर—"मैं बूढ़ी जरूर हो गई हूं, तिरम्बिका! पर अक्ल में तुझसे बीस हूं, बीस!"

फिर गुल्लू की मां हिसाब करके बताती, "अगर लड़के का कद

उतना ही रहे दादी, और लड़की का चार-पांच गिरह, दो-तीन अंगुल बढ़ जाए, तो वह आप ही छोटा हो गया कि नहीं हो गया?"

इतना हिसाब दादी को कहां आता था! मुन्नी सोही के दो-तीन अंगुल और लम्बी हो जाने के ख्याल ही से खून उसके खुश्क चेहरे की रगों और रेशों में दौड़ने लगता। यों मालूम होता जैसे पीपल से गिरा हुआ पत्ता फिर अपनी डाल पर जा लगा है और दूसरे पत्तों से टकरा रहा है, शोर मचा रहा है। वह त्र्यम्बिका को या गुल्लू की मां को गालियां देने लगती, "छोटा हो तेरा बाप, छोटा हो तेरा भाई, छोटा हो तेरा खसम···" और औरतें, यह समझती हुई कि देवी दादी की गालियों से ग्रह टले, हंसती-खेलती हुई घर चली जातीं, जहां उन्हें अपने मर्द, क्या बाप और क्या भाई और क्या पति, सब एकाएक छोटे मालूम होने लगते!

मुन्नी सोही अब तक अपनी हर नस, अपने हर पोर से नफरत करने लगी थी। वह शादी-ब्याह के नाम ही से सहमने लगी। क्या शादी-ब्याह ही रह गया है इस दुनिया में? इसके सिवा और कोई रास्ता नहीं? कहीं भी जाना हो, वहां पहुंचने के लिए बीसियों सड़कें, सैकड़ों पगडंडियां होती हैं। ब्याह के लिए क्या एक ही जरनैली सड़क है? आखिर थक-हारकर मुन्नी लेट जाती, सो जाती, जहां उसे सपने में दूल्हे ही दूल्हे दिखाई देते।

एक दिन देवेन्द्र अंग्रेज़ी फिल्म 'मोलां रोश' देख आया, जिसमें अदाकार जोजे फिरार अपने पैर पीछे बांधकर फ्रांस का बौना चित्रकार लुतरिक बनता है। पहले तो देवेन्द्र ने नौ-नौ करोड़ गालियां अपने देश भारत को दीं, जिसमें इतना ज़ोर लगाने पर भी औद्योगिक उन्नति नहीं होती, जहां साइकल के कुछ पुर्ज़े अभी तक विलायत से आते हैं, जहां मेक-अप का आर्ट इतना भी नहीं पनप सका, जिससे लम्बे कद का आदमी ठिगना और बौना लग सके। और इस बात को वह भूल गया कि वह पहले ही ठिगना है। इससे और ठिगना नहीं हो सकता।

इसपर भी देवेन्द्र ने जोजे फिरार की तरह अपने पैर पीछे की तरफ बांधे और घुटनों के बल चल-चलकर मुन्नी को दिखाने लगा:

"ऐसे ही पैर बांध लेना मुन्नी! तब गौतम के साथ ठीक से फेरे ले सकेगी।"

"अगर रस्सी खुल गई, तो?" मुन्नी की सहेली गौरां पूछती।

"तू चुप कर ना!" देवेन्द्र उसे डांट देता, "मुन्नी का तो फिर भी ब्याह हो जाएगा, ढाई फुट्टी! तेरा कभी होगा ही नहीं!"

और छोटे कद की गौरां देवेन्द्र को दांत दिखाते हुए 'ई-ई-ई-ई' करती और फिर एक तरफ छिपकर रोने लगती और फिर आप ही अपने-आपको मनाकर मुन्नी के पास आ जाती और कहती, "मुन्नी! कहीं ऐसा नहीं हो सकता कि तू अपना कुछ कद मुझे दे दे और मेरा कुछ आप ले ले!"

"ऐसा हो जाए तो फिर दुनिया ही न बस जाए!" मुन्नी जवाब देती।

और फिर दोनों मिलकर उस उजड़ी हुई दुनिया को फटी-फटी आंखों से देखने लगतीं, जहां अभी तक देवेन्द्र अपनी हेकड़ी में घुटनों के बल चल-चलकर मुन्नी को दिखा रहा था और कह रहा था, "ऐसे, ऐसे··· किसीको पता भी न चलेगा!" अपने उलटे तरीके से वह उस लम्बी लड़की को वही बात समझा रहा था, जो आज से सदियों पहले अरस्तू ने औरत के नीचे घोड़ा बनते हुए सिकन्दर को समझाने की कोशिश की थी, लेकिन पूरी तरह से समझा न पाया था। उसी अधूरे काम को देवेन्द्र पूरा करने की नाकाम कोशिश कर रहा था। उसे पीड़ा हो रही थी, लेकिन पीड़ा का कोई भी असर वह अपने चेहरे पर न आने देता। खासी देर तक वह चलता रहा—यहां तक कि उसके घुटने छिल गए। त्र्यम्बिका और जमना उसकी तरफ देखकर एक-दूसरे को कोहनियां मार रही थीं और पुकार रही थीं: "शीला···अरी ओ शीला···"

आखिर एक दिन बारात आ ही गई, फेरे भी हो ही गए। फेरों में मुन्नी दुहरी, तिहरी होकर चल रही थी, लेकिन अब इस बात का क्या इलाज कि इतनी नीची होते हुए भी वह गौतम से लम्बी लग रही थी। त्र्यम्बिका का ख्याल सही था। गौतम का कद और भी

छोटा हो गया था और या—मुन्नी का बड़ा। पल-पल के बाद, फेरे लेती हुई मुन्नी के कान में कोई कह देता, "नीची, और नीची!" ···मुन्नी ने धरती में घुस जाने की कोशिश की, लेकिन धरती ने साथ न दिया। वह आसमान की तरफ लपक सकती थी, धरती में नहीं समा सकती थी।

आशीर्वाद की जगह कई बार दादी के गुपचुप धप्प मुन्नी के सिर पर पड़े, जिससे उसका सिर बोल उठा। वह तो इसे अपनी आखिरी मुसीबत समझती थी, लेकिन दादी का ख्याल ऐसा न था। जो झूठ उसने और उसके बेटे, पोते और तेली मोहल्ले के सब मर्द-औरतों ने मिलकर बोला था, आखिर तो उसे खुलना था। दादी चाहती थी, खुले तो खुले, पर अभी न खुले। एक बार शादी हो जाए, फिर उसे इन्सान तो क्या भगवान भी न तोड़ सकेंगे। लेकिन···आखिर वह फिर मुन्नी को ऊंचा होकर चलते हुए देखती, तो अपने कलेजे में मुक्का मारते हुए कहती, 'हाय रांड, तू न बसेगी!'

पंडित लोग मंत्र पढ़ते रहे जिनका मतलब था—तुम जानवरों की तरह से नहीं रहोगे···बेमौसम का भोग-विलास नहीं करोगे··· तुम बीमार और मूढ़ बच्चे इस दुनिया में नहीं लाओगे···और इर्द-गिर्द के लोग बीमार और मूढ़ बच्चों ही की तरह से ब्याह की रस्म को देख रहे थे। शायद इसलिए कि वे श्लोकों की भाषा संस्कृत से परिचित न थे!···

ब्याह हो जाने के बाद जब भी गौतम अन्दर, डिप्टी भवन की बैठक में आया, उसने मुन्नी को बैठे हुए पाया। मुन्नी को उठने-बैठने, चलने-फिरने की सख्त मनाही थी, जिससे उसके बदन की हड्डियां तक अकड़ गईं। इतनी देर बैठे रहने से उसे यों महसूस होने लगा जैसे वह पैदा ही नहीं हुई, अभी तक मां की कोख में पड़ी है···और बाहर आने, हाथ-पैर फैलाने के लिए तड़प रही है।

सूखम मुनि ने गौतम को अपना दामाद और मुन्नी को अपनी बेटी जानते हुए अपने घर खाने पर बुलाया। लेकिन देवेन्द्र ने उसे समझा-बुझाकर लौटा दिया। शाम के करीब गौतम ने सिनेमा देखने

का प्रोग्राम बना लिया। वह अपनी बीवी के साथ जाना, कोई मौज उड़ाना चाहता था, लेकिन दादी ने इनकार कर दिया। वह खुद तो कुछ न बोली, लेकिन अपने बेटे जगन्नाथ को इशारा कर दिया, जिसने बड़े प्यार के साथ गौतम से कहा, "यहां नहीं बेटा···हम त्यागी ज़रा पुराने ख्याल के लोग हैं। तू उसे घर ले जाना, फिर जो जी चाहे, करना।"

और गौतम खामोश हो गया।

अगली सुबह को गौतम का बाप, गौतम और बारात में आए हुए सब लोग डीमापुर जाने के लिए रवाना होनेवाले थे। पहले कल-कत्ता जाना था। इसमें भी बचाव था, क्योंकि भाई होने के नाते देवेन्द्र ही को मुन्नी को डोली में डालना था।···कहीं किसी शास्त्र में लिखा है कि मर्द को शादी उस वक्त करनी चाहिए, जब वह औरत को अपने पुट्ठों के ज़ोर से, एक ही हाथ से उठा सकता हो। देवेन्द्र शादीशुदा आदमी था, लेकिन उससे छोटी बहन को उठाया न गया। मुन्नी यों उससे लिपटी हुई डोली में जा बैठी कि उसके उठाए होने का गुमान हो, हालांकि वह बीच-बीच में चलती जा रही थी। मुन्नी ने एक ही मुट्ठी चावलों की सिर के ऊपर से फेंकी, लेकिन दादी वह थी, जिसने पूरी बोरी खाली कर दी। फिर डोली उठी, ससुर ने डोली के ऊपर से नये पैसों की बखेर की।

शीला हमेशा की तरह झूठमूठ के आंसू बहा रही थी। उसके आंसुओं से सच्चे तो गौरां, गुल्लू की मां, जमना और त्र्यम्बिका के आंसू थे, जो अपने-अपने मन में छोड़े हुए या छोड़े जानेवाले भाइयों और बापों को देख रही थीं—फिर बहनों को, भाभियों को, जैसे ससुराल के सब रिश्ते झूठे हों, क्या ननद और क्या सासें और क्या ससुरे···शादी के वक्त वे सब लपक-लपककर ज़हन में आ रहे थे···!

शीला को भीतर एक बड़ा सन्तोष, एक बहुत बड़ी छुट्टी का अनुभव हुआ। तभी एक नज़र दादी पर पड़ी, जो थड़े पर खड़ी अपनी धुंधली आंखों पर हाथ रखकर डोली को दूर ही दूर, निगाहों से दूर, दिल से दूर भेजने की कोशिश कर रही थी। दादी को देखते ही उसके माथे पर तेवर आ गए और उसने कहा, "यह दूसरी डोली,

अब न जाने कब उठेगी!"

देवेन्द्र ने दादी की तरफ देखा। जाने उसके मन में क्या आया कि वह दौड़कर उससे लिपट गया और बोला, "मां!" और फिर वह बच्चों की तरह फूट-फूटकर, बिलख-बिलखकर रोने लगा। दादी ने उसे छाती में छिपा लिया। वह गिरने ही वाली थी कि देवेन्द्र ने दादी को अपने बाजुओं में उठा लिया और किसी डोली की तरफ लेकर चल निकला।

मुन्नी क्या गई कि श्याम गली और तेली मुहल्ले की रौनक भी साथ ही लेती गई। हर छोटा-बड़ा पूछता था—मुन्नी की कोई चिट्ठी आई है या नहीं? हमेशा जवाब मिलता—आई तो नहीं, पर आ जाएगी; महीने-भर में तो वहां चिट्ठी पहुंचती है।

लेकिन रुक्मन दादी भीतर से डरी हुई थी—वहां जरूर झगड़े हो गए होंगे, जरूर उन्होंने मेरी मुन्नी को घर से निकाल दिया होगा और वह कहीं जंगलों की खाक छानती फिर रही होगी—उन जंगलों में जहां सांप-सांप जितनी जोंकें होती हैं, पैरों से चिमट जाती हैं और हौले-हौले यों खून चूसती हैं कि इन्सान को पता भी नहीं चलता, वह यों ही जैसे थककर बैठता हो, तो फिर नहीं उठता···।

···जरूर मुन्नी को कोई चीता खा गया होगा; नहीं तो महीनों से चिट्ठी न लिखने का क्या मतलब? और फिर बीच में एकाध चिट्ठी आ ही जाती, जिसे दादी पहले देवेन्द्र से पढ़वाती, फिर शाहिद मियां और फिर सूखम दिगम्बर से। तब कहीं जाके उसकी तसल्ली होती। तसल्ली कहां; अगर मुन्नी लम्बा खत लिखती, तो दादी को यों मालूम होता, जैसे कोई रोने रो रहा हो, शब्द जिनका साथ नहीं देते। अगर छोटी चिट्ठी लिखती तो कहती, "देखा ना! मैं तो पहले ही कहती थी, उसे कोई मुंह नहीं लगाएगा। कोई ऐसी बात है, जिसे मुन्नी छिपा रही है। नहीं तो मुझे ऐसे, दो आखर लिखकर भेज देती?—यही है ना, अपने देश की बेटियों का; मरती मर जाती हैं पर शिकायत का शब्द भी मुंह पर नहीं लातीं।···हे राम! अब क्या होगा? कहीं मैं उड़कर डीमापुर चली जाऊं!"

और फिर, "यह हो कैसे सकता है! छः फुट की लड़की से कोई पांच फुट का लड़का ब्याह कर ले और फिर उसे बसा भी ले।···अब तक तो गौतू को पता भी चल गया होगा।" और फिर दादी यों बात करती जैसे शायद न भी पता चला हो। वह अपनी आंखें बन्द कर लेती और मन ही मन में कई प्रार्थनाएं करती: 'हे भगवान! क्या यह नहीं हो सकता, जब गौतू मुन्नी की तरफ देखे, तो वह उसे छोटी लगे?'

एक दिन जगन्नाथ घर में आया, तो कुछ देर से। शायद देर तक शास्त्रार्थ होता रहा। घर पहुंचने पर शीला सो रही थी। जगन्नाथ चुपके-चुपके रसोई में गया, ताकि बहू को जगाना न पड़े। उसने ऊपर-नीचे हाथ मारे, सिर भी छींके से टकराकर लहूलुहान किया, लेकिन कहीं खाना होता तो मिलता। इस बात का इल्म न दादी को हुआ और न देवेन्द्र को। सब यही समझते रहे कि शीला ने रोज़ की तरह खाना पकाया होगा और ताक में रख दिया होगा।

ताक में पानी का एक गिलास पड़ा था, जो जगन्नाथ का हाथ लगने से गिरने लगा। लेकिन जगन्नाथ ने संभाल लिया। और वह समझ गया। उसने गिलास उठाया और एक ही सांस में पीने के बाद बोला, "तेरा शुक्र है, मालिक!"

और फिर वह अन्दर जाकर लेट गया। पानी उसके कलेजे को लग गया था। इत्तफाक की बात, जगन्नाथ ने सुबह से कुछ न खाया था। भूखे पेट ही वह शास्त्रार्थ करता रहा, हालांकि शास्त्रों ही ने शरीर को हरि-मंदिर करार देकर, उसकी रक्षा मनुष्य का परम धर्म लिखा है।···दरअसल जगन्नाथ त्यागी उदास हो चुका था और दुनिया की कोई चीज़ उसके चेहरे पर मुस्कराहट न ला सकती थी। अपनी समझ में वह भगवान की उपासना कर रहा था, लेकिन भगबान तो समझते थे कि वह इन्सान की पूजा कर रहा है—अपनी स्वर्गवासी पत्नी की, जिसे प्रेम और केवल प्रेम के कारण वह पीटा करता था। लेकिन इसपर भी भगवान ने जगन्नाथ की हाज़िरी लगा ली। भगवान जानते थे न कि उन तक पहुंचने के लिए जिस मूर्ति की

पूजा की जाती है, वह खुद कोई हैसियत नहीं रखती, सिर्फ मुझ तक पहुंचने का एक बहाना है।

पेट में दर्द होने के बावजूद जगन्नाथ ध्यान में बैठ गए। तभी दादी की आवाज़ आई, "बेटा!"

जगन्नाथ ने अंधेरे में ही मुंह आवाज़ की तरफ कर दिया और बोला, "हां, मां!"

"बेटा! खाना खा लिया?"

"हां, मां, बहुत खा लिया।···अब नींद नहीं आती!"

"कोई चूरन-फंकी लाऊं, बहू को जगाऊं?"

"नहीं, मां, मैं ऐसे ही सो जाऊंगा!"

और जगन्नाथ ऐसे ही सो गया। वह ऐसी समाधि में गया, जिससे फिर न उठा।

सवेरे बहुत शोर मचा। शीला तो जानती थी कि उसने जाते समय ससुरजी को खाना भी नहीं खिलाया, इसलिए वह सबसे ज़्यादा ऊंची आवाज़ में बैन कर रही थी और बार-बार अपने मरे हुए ससुर के पैरों पर सिर पटक रही थी। वास्तव में इस बात का पता शीला को भी न था कि उसके पतिदेवता के पिता इतनी-सी बात पर इतने खफा हो जाएंगे, छोटी-सी भूल की इतनी बड़ी सज़ा देंगे। वह हरगिज़ यह नहीं चाहती थी कि घर गें आता हुआ पेंशन का पैसा बन्द हो जाए। शीला जिसे इस दुनिया से भेजना चाह रही थी, वह जी रही थी!

दादी की वही हालत हुई, जो मां की हो सकती है। जब जगन्नाथ त्यागी को ले जाने लगे, अर्थी उठाई गई, तो दादी यह कहते हुए बेहोश हो गई, "अरे! तुझे शरम न आई जगना,···हमारे कांधों पर सवार होकर जा रहा है!"

गली का एक आदमी जो देख रहा था, शाहिद से बोला, "क्या फिकरा है···! कोई फिल्म में लिख़ दे, तो लोग रो-रोकर पागल हो जाएं।"

शाहिद ने एक तीखी नज़र से उस आदमी की तरफ देखते हुए कहा, "कैसे लिख दे, भाई···इस फिकरे को लिखने के लिए बेटा देना

पड़ता है!"

शीला तो समझती होगी, ससुर तो गए, अब दादी न बच सकेगी। दादी कई दिन अचेत रही। देवेन्द्र घर से न गया। उसे दिखाने के लिए तो शीला को बुढ़िया की देख-रेख करनी ही पड़ती थी। पहले तो शीला ने पाठ करने की परवाह न की, लेकिन जब उसने दादी का ज़िन्दा मुर्दा गले पड़ते देखा तो पाठ भी किया; लेकिन ददी फिर वहीं की वहीं थी। शायद वह उस मंज़िल पर थी, जहां गीता के पाठ भी असर नहीं करते!

होश में आते ही जो पहला सवाल दादी ने किया, वह था, "मुन्नी की चिट्ठी आई?"

देवेन्द्र ने दादी के सिर पर हाथ फेरते, पुचकारते हुए कहा, "नहीं दादी, आ जाएगी, तू क्यों फिक्र करती है?"

वाकई वही हुआ। पिता के मरने की खबर मुन्नी सोही को कहीं एक-डेढ़ महीने के बाद मिली, जबकि दाह-संस्कार तो एक तरफ, हड्डियां भी गंगा में बहाई जा चुकी थीं। शायद इसीलिए अभी भाग-कर काले कोसों से दीनापुर आना और आसाम की जोंकें लाना बेकार की बात थी। और जब बाप की मौत के बाद, महीनों बाद तक भी मुन्नी न आई तो दादी ने हंकारते हुए कहा, "अरे! मुन्नी हो तो आए!" जैसे वहीं किसीने मुन्नी का गला घोंट डाला। दादी को दिल की भीतर से भीतर की गहराइयों से इस बात का यकीन था कि मुन्नी और गौतम की अनमेल, बेजोड़ शादी कभी निभ ही नहीं सकती। मुन्नी अभी लौटके आई कि आई—रोती, चिल्लाती सिर पीटती हुई···।

बरसात होके हटी थी। सूरज की गर्मी के रास्ते में एक भी तो खाकी ज़र्रा रुकावट न बनता था। किरणें ज़मीन खोद-खोदकर उसमें से खुंबें निकाल रही थीं। कचनार का पेड़ तो सामने के मकान के साये में था, इसलिए उसपर गर्मी का कोई असर न होता था। बर-सात की पहली बौछार और आखिरी बौछार भी पेड़ पर लगे हुए फूलों का कुछ न बिगाड़ सकी। उलटा उसने कलियों के मुंह भी खोल

दिए और पूरा कचनार हंसता हुआ नज़र आ रहा था। उसकी एक डाल सामने खत्रियों के मकान की एक खिड़की में जा घुसी थी, जहां लाल शनील का सूट पहने खत्रियों की बहू खड़ी थी, जिसे चन्द ही दिन पहले वे लखनऊ से ब्याहकर लाए थे। लाल-लाल कपड़े, मखमली सूट पहने हुए वह बीरबहूटी मालूम हो रही थी, जो बरसात और उसके बाद के तड़ाके में से कहीं अपने-आप निकल आती है।

शाहिद की बहन फिरदौस मुन्नी की शादी पर भी न आ सकी थी। अब आई तो मुन्नी के बारे में पूछ-पूछकर उसने सबका जीना हराम कर दिया। फिरदौस दादी रुक्मन के पास बैठी हुई इधर-उधर की बातें कर रही थी कि गौरां भागी आई।

"दादी···दादी!" वह बोली, "मुन्नी आ गई!"

श्याम गली पूरी की पूरी उलट पड़ी और मुन्नी को लेने के लिए आगे बढ़ी। मुन्नी तांगे पर से उतरी और गौतम के साथ डिप्टी भवन की तरफ आने लगी। अब वह छः फुट की थी और उसके साथ उसका पति गौतम, जो सचमुच त्र्यम्बिका और गुल्लू की मां के कहने के मुताबिक पहले से भी ठिगना और बौना मालूम हो रहा था··· वे दोनों आ रहे थे···एक-दूसरे के अस्तित्व से बेखबर, अपनी जात को भूले हुए से। जब मुन्नी अपने घर के पास पहुंची, तो धप्प से एक हाथ उसके सिर पर पड़ा, "नीची, मुई नीची!"

और मुन्नी ने बिलबिलाकर देखा। दादी थड़े पर खड़ी थी और उसका अंग-अंग कांप रहा था। मुन्नी ने एकाएकी चिल्लाते हुए कहा, "दादी-ई-ई-ई-ई," और उससे लिपट गई और उसे भींचते हुए बोली, "बापू को कहां भेज दिया, दादी!"

दादी ने कुछ न सुना। बोली, "गौतम आया है?" जभी गौतम ने आकर दादी के पैरों पर सिर रख दिया।

दादी रुक्मन ने मुंह करीब करके, आंखें सिकोड़कर देखा और बोली, "जीते रहो, जीते रहो बेटा, परमात्मा···" और अन्दर की तरफ इशारा करते हुए कहने लगी, "आओ···आओ, मैं वारी, आओ···।"

मातम तो कुछ देर में खत्म हो गया। डिप्टी भवन में कह-

कहे लग रहे थे। सिर्फ शीला थी, जिसे ससुर की मौत के बाद इतनी जल्दी हंसना अच्छा न लगता था।

दादी ने देखा, मुन्नी खुश, बहुत खुश रही थी। गौतम, उसकी मां, उसके बाप उसे हाथों से छांव करते थे! हां, छांव करने के लिए उन्हें सीढ़ी ज़रूर लगानी पड़ती थी! दादी को यह भी पता चला कि मुन्नी का सातवां महीना है।

गौतम जितने दिन रहा, बहुत खुश, बहुत हंसता रहा। वह दादी के साथ मज़ाक करता रहा और दादी उसके साथ। न लम्बे होने की बात सामने आई, न छोटे होने की···और फिर वह मुन्नी को जचगी के लिए मायके छोड़कर, दादी मां के पैर छूता हुआ चला गया।

दादी की बीमारी लौट आई। अब वह खुशी के मारे मर रही थी। एक सन्तोष, एक पूर्णता की अनुभूति के साथ जा रही थी। एक दिन रात के दो बजे खांसी जो आई, तो कितनी ही देर तक दम ही वापस न आया। शीला और मुन्नी फिर दौड़ीं। शीला तो अब इन सब बातों को बेकार समझती थी, लेकिन मुन्नी सोही का भगवान पर पूरा विश्वास था। उसने गौरां की मदद से दादी को नीचे फर्श पर उतारा। दीया किया और उसके कान के पास मुंह करके बड़ी श्रद्धा के साथ न सिर्फ गीता का सत्तरहवां अध्याय बल्कि महात्तम भी पढ़ा और उसका पूरा फल दादी के निमित्त अर्पण किया। लेकिन दादी अभी तक जी रही थी···उसके चेहरे पर एक अजीब किस्म की नूरानी मुस्कराहट खेल रही थी, फिर बच्चों की सी शरारत चली आई। उसने दाईं ओर देखा, जिस तरफ मुन्नी बैठी थी, जो गीता को तिपाई पर रखे हुए बड़े गौर से दादी की उड़ान देख रही थी।

"मुन्नी!" दादी ने कमज़ोर-सी आवाज़ में कहा।

"हां, दादी मां!" मुन्नी बोली और दादी के मुंह के पास कान कर दिया।

दादी ने कुछ कहा। मुन्नी एकदम शरमाई और पीछे हट गई। शीला पास खड़ी थी, बाईं तरफ गौरां।

"क्या पूछा दादी ने?" गौरां बोली।

"कुछ नहीं," मुन्नी ने कहा और फिर शरमा गई।

गौरां ने ज़िद पकड़ ली, तो मुन्नी बोली, "कह रही थी—हाय री, मुन्नो! ···वह तुझसे कैसे प्यार करता होगा?"

और फिर सबने मुड़कर देखा, दादी रुक्मन जैसे पहले मुस्करा रही थी, वैसे ही अब भी मुस्करा रही है···।

उसके बाद वातावरण में वायु का तत्त्व प्रबल हो गया और तिपाई पर पड़ी हुई गीता के पन्ने उड़ने लगे और उड़ते-उड़ते वहां आकर रुक गए, जहां शब्द 'समाप्त' लिखा होता है!

बब्बल

दरबारीलाल, शाम घर में ही बैठा, सीता के साथ बेकार हो रहा था।

किसीके साथ बेकार होना उस हालत को कहते हैं जब आदमी देखने में 'ईवनिंग न्यूज़' या गालिब की गज़लें पढ़ रहा हो, लेकिन ख्यालों में किसी सीता के साथ गर्क हो।

सीता ने तो कहा था, वह ठीक छः बजे अरोरा सिनेमा की तरफ से आनेवाली सड़क के मोड़ पर खड़ी होगी। उसकी साड़ी का रंग कासनी होगा, लेकिन···

दरबारी किंग्ज़ सर्किल में रहता था, जिसका नाम अब महेश्वरी उद्यान हो गया है। वह लाउड स्पीकरों की एक फर्म में काम करता था। आमदनी तो कोई खास नहीं थी लेकिन पैसे की कोई कमी भी न थी। बाप मेहता गिरधारीलाल ने एक ही दिन की फारवर्ड ट्रेडिंग में तीन-चार लाख रुपये बना लिए थे और फिर एकाएकी हाथ खींच लिए, जो अब तक खिंचे हुए थे। आज भी काटन एक्सचेंज में उनका कोई साथी मेहता साहब के मक्खन में से बाल की तरह से निकल जाने पर गालियां देता, तो वे जवाब में हंस देते—ऐसी हंसी, जो आदमी तीन-चार लाख रुपया अन्दर डालकर ही हंस सकता है।

फिर, बड़े भाई बिहारीलाल की शादी मारवाड़ियों के घर में हुई थी जिन्होंने बीस सेर सोने के कड़े अपनी लड़की के हाथों में डाले और यों उसे दरबारी की भाभी बनाया। बरस एक बाद दरबारी की अपनी बहन, सतवन्ती नार, एक लखपती इस्माइली सालेह मुहम्मद के साथ भाग गई और निकाह कर लिया। गली, मोहल्ले, पूरे शहर में हंगामा

हुआ। बरसों मेहता साहब ने लड़की और दामाद दोनों को प्रेमकुटीर, अपने घर में घुसने नहीं दिया। आखिर मान-मनौती हो गई। लड़के के रिश्तेदार कहते थे, लड़की को मुशर्रफ-ब-इस्लाम किया गया है (मुसलमान बनाया गया है) और उसका नाम कनीज़ फातिमा है, और मेहता साहब कहते थे, लड़के को शुद्ध करने के बाद उसका नाम सरदारी मोहन रखा गया है। लेकिन सरदारी मोहन या सालेह मुहम्मद अपना नाम हमेशा एस० एम० नवाब ही लिखा करता। चूंकि लड़की की इस नीच हरकत पर गुस्सा निकालने का और कोई ज़रिया न था इसलिए दरबारीलाल के दरबारी जब भी सतवन्ती नार के पति यानी शौहर से मिलते, तो यही कहते, "क्यों बे, सालेह··· ?"

आज सालेह या सरदारी और सतवन्ती दोनों घर पर थे और उनके दो बच्चे भी। इसपर बिहारी और भाभी गुणवन्ती ने मिलकर दरबारी की शादी का मसला छेड़ दिया। औरतें आदर्श पुरुष और मर्द आदर्श स्त्री की बातें करते-करते आपस में उलझने लगे। दरबारी बरामदे में बैठा अपने बारे में सारी गुफ्तगू सुन रहा था। एकाएकी वह लपका और अपने मुंह के लाउड स्पीकर को खिड़की में से अन्दर करते हुए बोला, "मैं, दरबारीलाल मेहता, वल्द गिरधारीलाल मेहता, साकिन बम्बई, हरगिज़-हरगिज़ शादी नहीं करूंगा!"···सब इस आवाज़ पर चौंक गए।

दरबारीलाल वापस अपनी जगह पर आकर 'ईवनिंग न्यूज़' के वर्क उलटने लगा और फिर अरोरा सिनेमा की तरफ से घर को मुड़ती हुई सड़क पर देखने लगा, जहां उसे कासनी रंग की साड़ी की तलाश थी।

अन्दर सब हंस रहे थे। मां भी उसमें आकर शामिल हो गई थी। दरबारी घर-भर का बांका था। जिस तरीके से वह बालों में हेयर टॉनिक लगाता, मेहनत से उनको बिठाता, कैंची लेकर आईने के सामने घण्टा-घण्टा, दो-दो घण्टे मूंछों की नोक निकालने में सर्फ करता, सब बांकेपन की दलीलें ही तो थीं। बात दरअसल यह है कि शादी से पहले, उम्र के इस हिस्से में लड़के लड़कियों की सी हरकतें करने लगते हैं और लड़कियां लड़कों की सी। फिर शादी होती है,

आपस में मिलते हैं, तब कहीं जाकर अपना-अपना काम संभालते हैं··· दरबारी की इन हरकतों को देखकर घर की औरतें कहती थीं, ये सब शादी की निशानियां हैं और मर्द कहते थे, बरबादी की।

बरामदे में सिख बढ़ई ने जाली लगाने का काम आज ही शुरू किया था। वह दिन-भर एक बेशक्ल, बेडौल और खुरदरी-सी लकड़ी को छीलता, उसपर रन्दा करता रहा था और इसीलिए सारे घर में लकड़ी के छिलके और चैलियां बिखरी हुई थीं और पैरों से लग रही थीं···तभी सामने, डान बास्को स्कूल में घण्टी बजी और सफेद-सफेद कमीज़ें और नीली-नीली नेकरें पहने हुए लड़के, एक-दूसरे पर गिरते-पड़ते, होस्टल के कमरों से निकले। शायद वे संध्या की प्रार्थना के लिए गिर्जे की तरफ जा रहे थे। स्कूल के ग्राउंड में लम्बा-सा फरगल पहने, अभी तक फादर बच्चों को फुटबाल खिला रहा था। उसने भी सीटी बजा दी, खेल खत्म कर दिया, मगर सीता न आई···

सीता की बजाय उल्टी तरफ से मिसरी चली आई। हमेशा की तरह आज भी उसकी गोद में बच्चा था—बब्बल!

बच्चा अगर तन्दुरुस्त हो तो दुनिया की सबसे प्यारी चीज़ होती है और बब्बल ऐसा ही बच्चा था—गोल-मटोल, नरम-नरम, जैसे स्पंज का बना हुआ। उसने यों तो कई दांत निकाल लिए थे, लेकिन नीचे के दो दांत औरों की निस्बत बड़े थे। कमीना हंसता तो वाल्ट डिज़नी का खरगोश मालूम होता! आज तक कोई ऐसा दिखाई न दिया, जिसने बब्बल को हंसते देखकर बेअख्तियार न हंस दिया हो।

"बब्बल!" दरबारी ने पुकारा और हाथ बच्चे की तरफ फैला दिए।

मैं तो कहता हूं, सूरज की किरन भी किसी गुलज़ार पर इस तरह से नहीं खेलती जैसे मुस्कराहट बच्चे के चेहरे पर खेल जाती है। मुस्कराते हुए बब्बल ने दरबारी की तरफ देखा और अन्दर की किसी वेबस-सी उत्तेजना से एकाएकी दरबारी की तरफ हुमकना शुरू कर दिया। अब वह अपनी मां, मिसरी से संभाला न जा रहा था।

"ठहरो," दरबारी ने कहा और कुरमुरा लेने के लिए अन्दर

लपक गया। वह भूल ही गया कि सीता आएगी और चली जाएगी।

बच्चे उस सब्र को नहीं जानते जो तहज़ीब के साथ आता है। बब्बल के चेहरे पर एक सीधी-सच्ची मायूसी की लहर दौड़ गई और पल-भर में वह यों महसूस करने लगा जैसे कह रहा हो—यह सारी दुनिया धोखा है। फिर जैसे वह मायूस हुआ था, ऐसे ही दरबारी को आते देखकर खुश भी हो गया।

बब्बल की मां, मिसरी एक भिखारिन थी। तंगी के कारण इतनी छोटी-सी उम्र में उसने बब्बल को भीख मांगने का फन सिखा दिया था। बाज़ार में जाती हुई वह बाबू किस्म के किसी भी आदमी के पास खड़ी हो जाती और बब्बल एक सधे हुए ऐक्टर की तरह उस आदमी की धोती या कमीज़ को खींचने लगता और उस चीज़ की तरफ इशारा करने लगता, जिसकी उसे इच्छा होती। आदमी देखता, नज़रें बचाता, फिर देखता और बेअख्तियार वह चीज़ खरीदकर बब्बल के हाथ में थमा देता। मिसरी, बाबू के चले जाने के बाद बब्बल के हाथ से वह चीज़ ले लेती और दुकानदार को वापस करके पैसे खरे कर लेती, बब्बल रोता-चिल्लाता रह जाता।

लेकिन दरबारी के साथ बब्बल और उसकी मां मिसरी का रिश्ता ऐसा न था। कुरमुरा लेकर उसे बेचने का सवाल ही कहां पैदा होता था! कुरमुरे के साथ मिसरी को सीधे दुअन्नी या चवन्नी मिल जाती थी जिससे बब्बल को कोई दिलचस्पी न थी। उसे तो अपना कुरमुरा चाहिए था, जिसे मां नहीं छीनती थी और न किसी दुकानदार को देती थी। कुरमुरा वह सीधा मुंह में डाल लेता और दांतों में पपोलते हुए हुमक-हुमककर, उछल-उछलकर अपनी प्रसन्नता को प्रकट करता। आज जब दरबारी ने बब्बल को गोद में उठाया, तो एक ही बार में कुरमुरे से मुट्ठी भरते ही वह मां की तरफ लौटने, लपकने लगा। दरबारी चौंका। कहते हैं ना, आदमी अच्छा है या बुरा, बच्चे को सब पता चल जाता है! एक क्षण के लिए दरबारी ने सोचा—मेरे मन में क्या पाप है, बब्बल इसे जानता है? दरबारी ने बब्बल को बहुत रोका, प्यार-दुलार की कोशिश की, लेकिन वह

भला कहां माननेवाला था! ऊं-ऊं करता हुआ वह तो जैसे मां की तरफ गिरा ही जा रहा था।

दरबारी ने कहा, "कमीने···साले···"

अन्दर से सालेह या सरदारी बोला, "क्या हुक्म है, हुज़ूर?"

"आपको अर्ज़ नहीं किया, फैजगंज़ूर!" दरबारी ने अन्दर की तरफ मुंह करते हुए जवाब दिया और फिर बब्बल के प्यारे, दुलारे-से गालों पर चपत लगाते, उसे मां को लौटाते हुए बोला, "इतना खुद-गर्ज़! ···सलाम न दुआ, शुक्रिया न धन्यवाद···काम निकल गया, तो अब तू कौन और मैं कौन?"

मिसरी, फुटपाथ की ज़िन्दगी ने शर्म और पर्दे को जिसके लिए एक तकल्लुफ बना दिया था, बेबाकी से बोली, "ये सब ऐसे ही होते हैं, बाबूजी!" और फिर बब्बल को छाती में छिपाती, वहीं खड़ी अपनी दुअन्नी या चवन्नी का इंतज़ार करने लगी।

बब्बल हमेशा की तरह अलिफ नहीं तो बे, नंगा ज़रूर था क्योंकि बदन पर कमर के नज़दीक वह एक काला-सा तागा पहने हुए था जिसमें एक ताबीज़ लटक रहा था। इस 'लिबास' में खुश, मां के पास पहुंचते ही उसने अपना मुंह मिसरी की बड़ी-बड़ी छातियों में छिपा दिया जो दुनिया-भर के बच्चों के लिए सबसे अधिक सुरक्षित जगह होती है, जहां पर एक बार पहुंचकर वह एक बहुत बड़े विजेता की तरह मुड़कर देखता है, इस एहसास के साथ जैसे वह किसी बहुत बड़े किले में पहुंच गया है जहां न तो कोई दुश्मन और न कोई दोस्त उसे किसी किस्म का नुकसान पहुंचा सकता है।

मिसरी एक पक्के, बल्कि काले रंग की एक जवान औरत थी और बब्बल गोरा-चिट्टा।···यह कैसे हुआ? दरबारी ने कभी न पूछा। वह समझता था, ये बेचारी, गरीब औरतें कितनी बेसहारा होती हैं! अस्मत इनके लिए ऐसे ही होती है जैसे दरिद्र के लिए आइसक्रीम बार में 'कसारा'···सड़क के किनारे पड़ी हुई मिसरी को कोई बाबू आठ आने, रुपये के एवज़ बब्बल दे गया होगा। वह ज़रूर उन लोगों में से होगा जो अपने अमृत-बिन्दुओं की बेकद्री करते हैं और ज़िन्दगी को ज़लील···जिन्हें इस बात की भी परवाह नहीं कि

लड़का हुआ तो ज़िन्दगी-भर उनका लहू, अपना गोश्त-पोस्त, अपने दादा का परपोता, अपना बेटा भीख मांगता फिरेगा, औरतों की दलाली करेगा और लड़की होगी, तो अपने पितरों की पत को बेचेगी, पेश करेगी।

"आपके पास तो फिर भी चला आता है, बाबूजी," मिसरी बोली, "नहीं, यह हलकट···किसी मर्द के पास नहीं जाता।"

"क्यों, क्यों?" दरबारी ने हैरान होकर पूछा।

"मालूम नहीं," मिसरी कहने लगी और फिर प्यार से बब्बल की तरफ देखती हुई बोली, "हां, औरतों के पास चला जाता है।"

दरबारी जी खोलके हंसा, "बदमाश है ना···अभी से औरतों की चाट लगी है, बड़ा होकर तो कयामात ढाएगा!"

मिसरी खूब शरमाई और खूब ही इतराई। उसे यों लगा जैसे वह अपनी गोद में अनगिनत गोपियों वाले कन्हैया को खिला रही है। और मिसरी की कल्पना में जो गोपियां थीं, वह खुद भी उनमें से एक थी। जैसे बब्बल मिसरी का मन था और मिसरी की अपनी वृत्तियां उसके इर्द-गिर्द नाच रही थीं···बब्बल अभी एक गोपी के साथ, फिर अनेक के साथ!

दरबारी ने जो मिसरीबाई के साथ थोड़ी-सी आज़ादी ली थी, उससे घबराकर पूछ बैठा, "इसका बाप क्या काम करता है, मिसरी?"

"इसका बाप?" मिसरी को जैसे सोचने में वक्त लगा, "नहीं है।"

इस जवाब में बहुत-सी बातें थीं। यह भी था कि वह मर चुका है और यह भी कि मरने से भी बदतर हो गया है। मिसरी कहीं दूर देखने लगी और फिर दरबारीलाल की निगाहों के अफसोस को दूर करते हुए बोली, "एक बार वह फिर आया था···मुझे यों ही लगा, जैसे वही है। लेकिन···मैं क्या कह सकती थी, बाबूजी! ···मैंने तो उसे जी भरकर देखा भी नहीं था···जब तक मैंने इस बच्चे का कोई नाम नहीं रखा था, कभी गोपू, कभी नारयां कहके पुकारती थी। तभी उसने इसके हाथ पर पांच का एक नोट रखा और बड़े प्यार से पुकारा—'बब्बल!' तब से मैंने इसका नाम बब्बल रख दिया है।"

और मिसरी फिर सोचने लगी, 'इसका बाप न होता, तो पांच रुपये देता?'

दरबारी भी सोचने लगा, 'हो सकता है वह आदमी नहीं··· पांच रुपये का नोट ही इस बच्चे का बाप हो।'

दरबारी ने आज अठन्नी मिसरी के हाथ पर रखने की बजाय बब्बल के हाथ पर रख दी। बब्बल ने सिक्के को हाथ में लिया, ज़ोर-ज़ोर से बाज़ू को हुमकाया और फिर उसे फेंक दिया।

अठन्नी सड़क पर के मेन-होल में गिरने ही वाली थी कि जैसे मिसरी की तकदीर को, एक खुश्क-से आम के छिलके ने उसे रोक दिया। मिसरी ने झुककर अठन्नी उठाई और बब्बल को सीने के साथ लिपटाते हुए बोली, "लुच्चा है ना···" और फिर से चूमते हुए वह दरबारीलाल से बोली, "सच पूछो, बाबूजी! तो मेरा मर्द यही है, बब्बल!"

"तेरा मर्द···?"

"हां", मिसरी ने बब्बल को संभाला जो अपनी मां के सिर पर से पल्लू खींच रहा था और कहने लगी, "यह अभी से कमाता है, तब मैं खाती हूं।"

मिसरी बहुत बातूनी है। वह और भी बहुत कुछ कहती। बब्बल और भी कुरमुरा मांगता, लेकिन दरबारी को अपनी नज़रों के क्षितिज पर कासनी रंग लहराता हुआ नज़र आया। उसने जल्दी से मिसरी के आबनूसी हुस्न और बब्बल की गोरी-चिट्टी मासूमियत को झटक दिया और, "मैं चला सालेह भाई···अच्छा भाभी!" कहकर वह जल्दी से बाहर निकल गया। अभी वह सड़क पर पहुंचा भी न था कि पतलून के पांयचे में उसे लकड़ी के छिलके अड़े हुए दिखाई दिए जिन्हें दरबारी ने झुककर बाहर फेंका और सीता के पास जा पहुंचा।

शिवाजी पार्क में समन्दर के किनारे, क्लब और भेल-पूरी वालों से कुछ दूर हटकर दरबारी और सीता एक दीवार का सहारा लेकर बैठ गए।

सीता अठारह-उन्नीस बरस की एक लड़की थी जिसकी मां तो

थी पर बाप मर चुका था। घर की हालत कोई इतनी खराब भी न थी, क्योंकि मकान अपना था जिसके किरायेदारों से कभी किराया वसूल होता था और कभी नहीं। सीता की मां लछमनदेई यों तो अपनी बेटी की शादी करना चाहती थी, लेकिन शादी से ज़्यादा इसे इस बात का खयाल था कि कोई ऐसा आए जो हर महीने अपने 'रोआब' से किराया उगाहे ताकि, सीता के कहने के मुताबिक, दरवाज़े पर हर महीने जो भेड़िया दिखाई देता है, नज़र न आए और जीना सरल हो जाए। लछमनदेई से सीता ने दरबारी की बात भी की। पहले तो वह शक और वसवसे का इज़हार करने लगी, लेकिन जब उसे पता चला कि दरबारी का पूरा नाम दरबारीलाल मेहता है तो उसने झट से इजाज़त दे दी, क्योंकि बम्बई में जो लोग मकानों का किराया उगाहते हैं उन्हें मेहता बोलते हैं।

सीता का कद दरमियाना था लेकिन बदन का गठन ऐसा जो मर्दों के दिल में जज़्बे जगा दिया करता और कोई बेखुद-सी सीटी उनके होंठों पर चली आती। चेहरे की तराश-खराश अच्छी थी, लेकिन उसका पास आने से ही पता चलता था। पलकें कुछ नम-सी रहतीं, क्योंकि सीता की आंखें थोड़ा अन्दर धंसी हुई थीं और उनके बचाव के लिए पलकों को झुकना पड़ता था। लेकिन यह इन धंसी हुई आंखों की ही वजह से था कि सीता मर्द के दिल में बहुत दूर तक देख सकती थी। वह किसीको कुछ कहे या न कहे, यह अलग बात थी, लेकिन जानती वह सब थी।

हां, सीता के बाल बहुत लम्बे थे जिनके कारण दरबारी उससे पूछा करता, "तुम्हारे घर में कोई किसी बंगालिन को भी ब्याहकर लाया था?"

और सीता कहती, "मैं खुद जो हूं बंगालिन···मेरा नाम सीता मज़ूमदार है···" और फिर वह हंसने लगती। सीता खुश थी कि उसका कद सिर्फ इतना है जिससे वह अपने हसीन, काले, चमकीले और लचकीले बालों वाले सिर को दरबारी की छाती पर रख सकती है और अपने अस्तित्व की आत्मा तक को किसीको अर्पण करके अपने सारे दुःख भूल सकती है और थोड़े-से अन्तर से वह पति और पिता

को एक कर सकती है।

दीवार की ओट में बैठा हुआ दरबारी सीता से प्यार कर रहा था। सीता न चाहती थी कि उसका प्यार अपनी भी हद से गुज़र जाए। कमर के गिर्द हाथ पड़ते ही सीता चौकन्नी होने लगी। उसने दरबारी को बातों में लगाना चाहा। ब्लाउज़ में से उसने एक छोटी-सी चांदी की डिबिया निकाली और दरबारी के पास मुंह करती हुई बोली, "देखो,···मैं तुम्हारे लिए क्या लाई हूं!"

"क्या लाई हो?" दरबारी ने पूछा और अनजाने में सीता की कमर से हाथ निकलकर डिबिया की तरफ बढ़ा दिया।

सीता ने डिबिया को परे हटा लिया और बोली, "ऐसे नहीं··· मैं खुद दिखाऊंगी।" और फिर उसे दरबारी की नाक के पास करती हुई बोली, "सूंघो!"

दुर्भाग्य से दरबारी ने डिबिया को सूंघ लिया और उसे छींकें आने लगीं।

मुहब्बत का सारा खेल रुक गया। दरबारी छींक पर छींक मार रहा था और जेब से रूमाल निकालकर बार-बार अपनी नाक को पोंछ रहा था और सीता पास बैठी हंसती जा रही थी।

"यह···" दरबारी ने कहा और फिर छींकते हुए बोला, "क्या मज़ाक है?"

सीता कहने लगी, "तुम इसे मज़ाक कहते हो?···बीस रुपये तोले की नसवार है!"

"नसवार?"

"हां," सीता बोली, "तुम छींकते हो, तो मुझे बड़े अच्छे लगते हो।"

दरबारी ने सीता की तरफ यों देखा जैसे कोई किसी पागल की तरफ देखता है। सीता ने प्यारभरी निगाह उसपर डाली और कहने लगी, "याद है, पहली बार तुम मुझे कहां मिले थे?"

"याद नहीं," दरबारी ने सिर हिलाते हुए कहा, "सिर्फ इतना ही पता है, तुमसे कहीं पहली बार मिला था।"

"वहां," सीता ने सामने महात्मा गांधी स्वीमिंग पूल की तरफ

इशारा करते हुए कहा, "तुम नहा रहे थे और छींक रहे थे। मेरे साथ तीन-चार लड़कियां और भी थीं। उस दिन दफ्तर में आधे दिन की छुट्टी हो गई थी और हम यों ही घूमती-घामती उधर जा निकलीं···"

"उधर क्यों?"

"यों ही," सीता ने कहा, "छुट्टी होते ही न जाने हम सब लड़कियों को क्या होने लगता है! हम घर बैठ ही नहीं सकतीं। ऐसे ही बाहर निकल जाती हैं जैसे कुछ होनेवाला है। फिर होता-हवाता कुछ नहीं, तभी पता चलता है—हम कोकाकोला पी रही हैं!"

सीता हंसी तो साथ दरबारी ने भी हंस दिया। वह अपनी बात जारी रखते हुए कहने लगी, "हम सब तुम्हारी तरफ देख-देखकर हंस रही थीं क्योंकि तुम छींकते हुए बोर्ड से फव्वारे तक और फव्वारे से किनारे तक आ-जा रहे थे और ऐसा करने में सिर से पैर तक दुहरे-तिहरे हुए जाते थे—बच्चे की तरह। मेरा जी चाहा, भागके तुम्हें पकड़ लूं और पल्लू से तुम्हारा मुंह, तुम्हारी नाक पोंछूं और पीछे एक चपत लगाके कहूं, 'अब जाओ खेलो···।'"

दरबारी जैसे एक ही बात सोच रहा था, "दूसरी लड़कियां कौन थीं?"

"एक तो कुमुद थी," सीता बोली, "दूसरी जूली···वहां, खाड़ी के पार माउण्ट मेरी के पास रहती है। तीसरी···" और फिर एकाएकी रुकते हुए कहने लगी, "तुम क्यों पूछ रहे हो?"

"ऐसे ही," दरबारी ने जवाब दिया, "तुम्हारी सहेलियां तुम्हारी जूती की भी रीस नहीं करतीं।"

"तुमने देखी हैं ना?"

"देखीं तो नहीं।"

सीता का चेहरा, जो थोड़ा खिल उठा था, फीका पड़ गया। वह सामने देखते हुए बोला, "आज दिन डूबता ही नहीं।"

समन्दर में ज्वार शुरू हो चुका था। लहरें किनारों की तरफ बढ़ रही थीं और अपने साथ भेल-पूरी की बेशुमार पत्तलें, गंडेरी और मूंगफली के छिलके, नारियल के खोल ला रही थीं। फिर

बीच में कहीं कोयले भी दिखाई देते थे जो दूर, अन्दर, स्टीम बोटों और बड़े-बड़े जहाज़ों ने अपना गम हल्का करने के लिए समन्दर में फेंक दिए थे। तेल का इल्ज़ाम भी खुश्की पर टाल दिया था और उनका खाली किया डीज़ल बरेते पर पहुंचकर उसके एक बड़े-से हिस्से को चिकना और स्याह बना रहा था···। सीता ने मुड़-कर देखा, दरबारी कुछ अजीब नज़रों से उसकी तरफ देख रहा था। स्याहियों के झुण्ड उसके चिकने चेहरे पर छूट रहे थे।

दिन डूब रहा था। उसने अपने लम्बे-लम्बे बाज़ू दुनिया के दोनों किनारों से समेटे और उन्हें बगल में दबाकर, एक गहरे केसरी रंग की गठरी-सी बना, दूर पच्छिम के गहरे पानियों में उतर रहा था। कुछ ही देर में उसका तेज ज़मीन की गोलाइयों में गुम हो गया। अब किनारे और उसपर के मकानों और उनमें रहनेवालों पर वही रोशनी थी जो आसमान पर के आवारा बादलों पर से होती हुई नीचे ज़मीन पर पड़ती है और जो हौले-हौले, धीरे-धीरे, बड़े प्यार से अंधेरे को अपनी जगह देती है जैसे कह रही हो, लो अब तुम्हारा राज है, जाओ, मौज उड़ाओ···।

वही छींक जिसने दरबारी को सीता से कोसों दूर फेंक दिया था, एक ही बार में उसके बहुत ही करीब ले आई···सीता कांपने लगी और दरबारी भी···

तभी जैसे दीवार में से आवाज़ आई, "दरबारी!"

"इसका मतलब है," दरबारी ने कहा, "तुम मुझसे प्यार नहीं करतीं।"

"प्यार का मतलब यह थोड़े होता है?"

"मैं सब जानता हूं···" और दरबारी उठकर खड़ा हो गया और अपने कपड़े ठीक करने लगा। सीता ने उसे रोकने की कोशिश की और मिन्नत-भरे लहजे में बोली, "क्या कर रहे हो चांद!"··· और बरेते पर पड़ी हुई सीता दरबारी के पैरों से लिपट गई, जो गुस्से से हांफ रहा था।

दरबारी ने अपने पैर एक झटके के साथ छुड़ा लिए। और बोला, "बिच!···बड़ी पाकीज़ा बनती है, समझती है···"

"मैं कुछ नहीं समझती," सीता ने वहीं घुटनों के बल घिसटकर फिर से दरबारी को पकड़ते हुए कहा, "मैं तुम्हारी हूं, चन्दा···नस-नस, पोर-पोर तुम्हारी हूं। पर मैं, एक विधवा मां की बेटी, मुझसे शादी कर लो, फिर···"

"कोई शादी-वादी नहीं," दरबारी बोला, "तुमसे जो कह दिया, क्या वह काफी नहीं? क्या मन्तर-फेरे ज़रूरी हैं? कानून की पकड़, उसकी ओट ज़रूरी है?" और दरबारीलाल रुक गया, जैसे अब भी उसे उम्मीद थी···

"हां, ज़रूरी है," सीता रोते हुए बोली, "यह दुनिया मैंने या तुमने नहीं बनाई!"

दरबारी की आखिरी उम्मीद भी टूट गई। बोला, "मैं उस प्यार को नहीं मानता जिसमें बीच में कोई भी पर्दा, कोई भी शर्त हो। आत्माओं का मिलन ज़रूरी है तो जिस्मों का मिलना भी। इसमें स्वयं भगवान होते हैं, ऐसा शास्त्रों में लिखा है।"

"लिखा होगा," सीता बोली, "सब तुम्हारी तरह इस बात को मानते होते..."

"मैं किसीकी परवाह नहीं करता," दरबारी ने गुस्से से पैर ज़मीन पर मारते हुए कहा, जो रेत में धंस गए और फिर वह उन्हें खींचते, रेत निकालते हुए चल पड़ा।

सीता पीछे लपकी, "सुनो!"···अभी दरबारी ने दीवार की हद नहीं फांदी थी। अब भी वे उसके सहारे बैठ सकते थे और अंधेरे को गले लगा सकते थे।

एक-दो लड़के वातावरण में अनोखापन देखकर रुक गए। फिर चने वाला आया, जिसकी फेरी में आग, समन्दर की तरफ से आने-वाली तेज़ हवा में हरदम बढ़ती जा रही थी।

इस बार सीता ने न सिर्फ दरबारी के पैर पकड़े बल्कि अपना सिर और बंगाली ज़ुल्फें उनपर रख दीं और नम आंखें भी, होंठ भी। दरबारी पैरों तक जल रहा था और अन्दर की आग से लरज रहा था। पैर चूमती, उनपर आंसू गिराती हुई सीता ने थोड़ा उठकर दरबारी की तरफ देखा और कहने लगी, "तुम समझते हो, मैं किसी

बर्फ, किसी पत्थर की बनी हूं? मेरा तुममें घुल-मिल जाने को जी नहीं चाहता? पर तुम क्या जानो, एक औरत दुःख···"

और फिर किसी अनजाने डर से कांपती हुई बोली, "मैं नहीं कहती ये दुःख तुमने दिए हैं, ये भगवान ने दिए हैं, भगवान ही ने औरत के साथ बेइन्साफी की है···"

"मैं सब जानता हूं," दरबारी ने अपने-आपको छुड़ाने की कोशिश करते हुए कहा, "मर्द सब सहन कर सकता है, तौहीन बरदाश्त नहीं कर सकता।"

"किसकी तौहीन?"

दरबारी ने जवाब देने की बजाय सीता के ठोकर मारी और वह पीछे की तरफ जा गिरी। खुद वह लम्बे-लम्बे डग भरता हुआ रोशनियों की तरफ निकल गया।

सीता एक ऐसे डर से कांपे जा रही थी जो अपनी इस छोटी-सी ज़िन्दगी में उसने कभी न देखा था, जिसका तजुर्बा उसने अपने पिता की मौत पर भी न किया था। मां की छाती में मुंह छिपाकर वह सब भूल गई थी। जैसे जलते हुए फोड़े के गिर्द हल्की-हल्की अंगुलियां फेरने से एक तरह का सुख, एक किस्म का आराम आता है, ऐसे ही मां के सिर पर हाथ फेरने से उसके सारे दुःख दूर हो गए थे···वहीं बरेते पर पड़े-पड़े सीता दबी-दबी सिसकियां लेती रही। बीच में कभी-कभी वह सिर उठाकर देख लेती, कोई देख तो नहीं रहा, मदद के लिए तो नहीं आ रहा, जैसे मुसीबत में पड़ी हुई औरत के लिए इस देश का हर नौजवान चला आता है···सामने दीये की लौ में कोई चीज़ चमकी। सीता ने उठाई तो वह चांदी की डिबिया थी जो नीचे जा गिरी थी और अब···उसमें रेत चली आई थी।

यह हकीकत थी कि दरबारी सीता से प्यार ज़रूर करता था, लेकिन उस हद तक नहीं, जिस हद तक सीता करती थी। सीता तो जैसे इस दुनिया में अपने नाम को बजा साबित करने के लिए आई थी और अब अशोक वाटिका में पड़ी देख रही थी, कोई ऊपर से संदेशे में अंगूठी फेंके···लेकिन रामजी के ज़माने से आज तक बीच में क्या

कुछ हो गया था। अब तो अंग्रेज़ी 'फन' चला आया था, जिससे दरबारी पूरा लुत्फ उठाना चाहता था।

घर में जाली लग गई थी। तीन दिन खूब परेशान करने के बाद सिख बढ़ई छुट्टी कर गया था। साफ-सुथरे बरामदे में बैठा हुआ, दरबारी सूनी-सूनी निगाहों से सड़क के उसी मोड़ को देख रहा था जहां कभी कासनी और कभी सरदई, कभी धानी और कभी जोगिया रंग लहराया करते।

तभी अरोरा सिनेमा की तरफ से आनेवाले मोड़ पर नारंगी-सा रंग दो-तीन बार लहराया। दरबारी ने जल्दी से कपड़े ठीक किए और बाहर निकल गया।

मोड़ पर सीता खड़ी थी। उसने एक बार दरबारी की तरफ ताका और फिर परे देखने लगी। उसकी आंखें कुछ और भी अन्दर की तरफ धंस गई थीं, पलकें कुछ और भी नम हो गई थीं।

"कहिए हुजूर···क्या हुक्म है?"

सीता ने कोई जवाब नहीं दिया। दरबारी को यों लगा जैसे सीता कुछ कांप-सी रही है। दरबारी कुछ देर उसकी तरफ देखता रहा और बोला, "अगर चुप ही रहना है, तो फिर···" और वह लौटने लगा।

"सुनो," सीता एकाएकी मुड़ती हुई बोली, "मुझे क्षमा कर दो, उस दिन मुझसे भूल हो गई।"

दरबारी ने रुककर उसकी तरफ देखा। फिर बोला, "अब तो नहीं होगी?"

सीता ने 'ना' में सिर हिला दिया।

"जहां कहूंगा, मेरे साथ चलोगी?"

सीता ने 'हां' में सिर हिला दिया और मुंह परे करते हुए, साड़ी के पल्लू से अपनी आंखें पोंछ लीं। दरबारी के बदन में खून का दौरा जैसे एकाएकी तेज़ होने लगा। उसने अपने खुरदरे-से हाथ फैलाए और सीता का नरम-सा हाथ पकड़ते हुए बोला, "तू तो ऐसे ही डर रही है···तुम्हें देखकर मुझे ऐसा लगता है, जैसे मैं कोई बड़ा नीच आदमी हूं।"

सीता जैसे यही सुनना चाहती थी, बोली, "नहीं, नहीं···ऐसा क्यों?"

दरबारी और सीता वहीं पहुंच गए—शिवाजी पार्क में, दीवार के नीचे···दिन डूब चुका था। आज आसमान पर कोई बादल भी न था जो ज़मीन की गोलाइयों से आसमान पर प्रतिबिम्बित होनेवाली रोशनी को इधर ज़मीन पर फेंक दे। इसलिए अंधरे ने जल्दी ही दुनिया को लपक लिया। सामने महात्मा गांधी स्वीमिंग पूल के इर्द-गिर्द बने हुए जंगले रेखाचित्र-से बने और फिर गुम हो गए।

दरबारी के बढ़ते हुए प्यार के सामने सीता सकुचाई-सी बैठी रही। दरबारी एकदम झल्ला उठा और बोला, "कुछ हंसो-बोलो भी ना!"

सीता को हंसना पड़ा।

दरबारी ने सीता की खोखली हंसी की नकल उतारी और सीता सचमुच ही हंस दी। दरबारी हौसला पाकर बोला, "तुम्हें क्या सचमुच मुझपर विश्वास नहीं?"

"यह बात नहीं," सीता बोली, "तुम मुझसे शादी कर भी लोगे, तो भी मुझे नफरत की निगाह से देखोगे। समझोगे, मैं ऐसी ही थी···"

"नहीं, सीते, मैं नहीं समझूंगा···कभी नहीं समझूंगा।"

तभी कुछ लोग लोहे की सलाखें लिए चले आए। दरबारी चौंका। उसको तसल्ली हुई जब उन्होंने सलाखें बरेते में मारनी शुरू कर दीं। वे ब्यौड़े के उस गड़े खज़ाने को देख रहे थे जो दो-एक दिन पहले उन्होंने बरेते में दबाया होगा और अब, समन्दर में ज्वार आने से पहले उसे बरामद करना, काम में लाना चाहते थे। दरबारी और सीता उठकर ज़रा परे, दीवार के दूसरे किनारे पर जा बैठे। मुड़कर देखा, तो दीवार के ऊपर बम्बई के बरतन मांजनेवाले रामा लोग बैठे थे और आपस में ठट्ठा कर रहे थे। दरबारी ने देखते हुए भी न देखना चाहा। सीता घबरा रही थी, लजा रही थी, पसीना-पसीना हो रही थी। वह पूरे तौर पर दरबारी के हाथों में थी। आज उसका अपना कोई इरादा न था। वह तो किसी रूठे को मनाना चाहती

थी और इसके लिए कोई भी कीमत देने को तैयार थी।

तभी कुछ मनचले 'ऐ मेरे दिल कहीं···' गाते हुए पास से गुज़रे। फिर एक पुलिसमैन आया और दरबारी चौकन्ना होकर उठ गया। उसने खूनी आंखों से आसपास के दृश्य को देखा और अंग्रेज़ी में एक मोटी-सी गाली दी। और बोला, "चलो सीते, यहां नहीं, जूहू चलेंगे।"

"जूहू?"

"हां, उठो, कैडल रोड से टैक्सी लेते हैं।"

सीता चुपचाप उठकर दरबारी के साथ चल दी।

सीता और दरबारी ज़ूहू के बीच पर इधर-उधर हो न सकते थे क्योंकि इसमें ख़तरा था। रोज़ कोई न कोई वारदात होती रहती थी। अभी चंद ही दिन हुए, एक कत्ल हुआ था। चंद गुण्डों ने एक मियां-बीवी को ज़िन्दगी के दो किनारों पर जा खड़ा किया था।

लेकिन उस दिन जूहू के होटल और काटेज गाहकों से भरे पड़े थे।

कोई घण्टे डेढ़ घण्टे के बाद दरबारी और सीता फोर्ट की तरफ जा रहे थे। रास्ते में सीता कोई बात करती थी, दरबारी कोई और ही जवाब देता था। देता भी था, तो उखड़ा-उखड़ा, बेसिर-पैर का। ज़बान में एक अजीब तरह की हकलाहट थी जैसे कोई नशे वाली चीज़ मुंह में रख ली हो जिससे ज़बान फूल गई हो।

टैक्सी हाजीअली से होती हुई ताड़देव में दाखिल हुई। वहां से ओपेरा हाउस होती हुई हार्नबी रोड पर पहुंची जिसका नाम अब महात्मा गांधी रोड हो गया है। उसपर के एक होटल पर पहुंचते हुए दरबारी ने मैनेजर से पूछा, "कोई कमरा है?"

मैनेजर ने गौर से दरबारी की तरफ देखा, जिसके चेहरे से मालूम होता था, जैसे कोई वारदात करके आया है या करने जा रहा है। पीछे सीता खड़ी, ज़मीन की तरफ देखती हुई थर-थर कांप रही थी। दोनों गुनाहों के आदी न थे, अपरिपक्व क्रूर प्रकृति के हाथों गिरफ्तार वे दीवाने-से हो रहे थे। तभी मैनेजर ने पूछा, "आप कहां से आए है?"

"जी?" दरबारी ने एकाएकी सोचते हुए कहा, "औरंगाबाद से।"

"खूब!" मैनेजर ने पीछे सीता की तरफ और फिर दरबारी के स्याह चेहरे की तरफ देखते हुए कहा, "आपका सामान कहां है?"

"जी, सामान तो नहीं है!"

"माफ कीजिए," मैनेजर ने दरबारी की तरफ यों देखते हुए कहा, जैसे वह कोई निहायत ही गन्दी और लिज़लिज़ी चीज़ हो और फिर बोला, "अपने पास कोई रूम नहीं!" मैनेजर की आंखों से नफरत की चिनगारियां निकल रही थीं।

"क्या मतलब? अभी तो टेलीफोन पर···"

बैरा नं० 27, जो एक ट्रे पर वेफर, मूंग की दाल, सोड़े की बोतलें और चाबी लेकर जा रहा था, बोल पड़ा, "यह होटल इज़्ज़त वाले लोगों के लिए है, साहब!"

दरबारी कुछ न कह सका। हालांकि वह जानता था, अच्छी तरह जानता था, इस बैरे का टिप एक रुपये से ज़्यादा न होगा और किबला मैनेजर साहब की इज़्ज़त पांच रुपये से···और आज ये सबके-सब एकदम नेकी और इज़्ज़त और शराफत के पुतले बने बैठे थे। वे इज़्ज़त और शराफत के पुतले थे या नहीं, लेकिन एक बात तय थी कि ज़िन्दगी में कुछ भी कर गुज़रने के लिए बड़ा सधा होने की ज़रूरत है। निगाहों में पेशावरों का सा पूरा साहस और बेबाकी और बेहयाई लानी पड़ती है, जिसके सामने विपक्षी की नैतिकता, उसकी सज्जनता और पवित्रता छोटी पड़ जाती है···दरबारी अपने अन्दर कहीं कमज़ोर, कहीं बुज़दिल था, वह एक अनगढ़ हीरा था।

लौटते हुए वह गालियां बक रहा था, अंग्रेज़ी में, जिन्हें वह होटल के प्रबन्धकों को सुनाना भी चाहता था और उनसे छिपाना भी।

"चलो सीता," दरबारी ने कहा, "फिर कभी सही।"

और दोनों टैक्सी पर बैठकर घर की तरफ चल दिए···

ज़िन्दगी नीरस हो गई थी। इतनी पराजय का अनुभव दरबारी को कभी न हुआ था।

आज उसका कहीं जाने का इरादा न था, कोई प्रोग्राम न था। हालांकि एक अस्पष्ट-सी अनुभूति के साथ वह दफ्तर से जल्दी चला आया था—थका-थका, टूटा-टूटा, शिथल-सा। उस शाम की शिकस्त और बेहुरमती के बाद एक तस्कीन का सा एहसास था जो तस्कीन भी नहीं थी। यह आग···या तो पैदा ही न होती। इसीलिए बड़े विचार को बहुत महत्त्व देते हैं। या तो ये हज़रत पैदा ही न हों और अगर हों तो आप इन्सान की औलाद की तरह इन्हें झटक नहीं सकते।

दरबारी ने खींच-खांचकर उस दिन होटल में पैदा होनेवाली मायूसी का कार में उत्पन्न होनेवाली उम्मीद से सम्बन्ध जोड़ लिया था।

सालेह भाई या सरदारीलाल अपने बीवी-बच्चों-सहित अपने घर चले गए थे। पीछे ठूंठ-से बाज़ुओं वाली बे-बच्चा भाभी रह गई थी, जिसकी भैया से तकरार ही रहती थी। वह कहती थी, तुममें नुक्स है, और वे कहते, तुममें। वह कहती, तुम डाक्टर को दिखाओ। वे कहते, तुम अपना मुआयना कराओ। और ना-पैद बच्चे मायूसी से उन्हें देखते रहते और अपना सिर पीट लेते।

दरबारी पूरी तरह बोर हो चुका था। वह जानता था और थोड़ी देर घर में रहेगा तो मां शादी की बातें करने चली आएगी, और वह शादी नहीं करना चाहता था। हां, कुछ दिन तो ज़िन्दगी देख ले, आखिर तो एक न एक दिन हर किसीकी शादी होनी ही है!

किसके साथ शादी? सीता लपककर उसके दिमाग में आती थी। सीता वैसे ही ठीक थी, लेकिन शादी के सिलसिले में नहीं। वह बहत सद्गुणी लड़की थी, शक्ल-सूरत से भी बुरी न थी···। लेकिन बीवी—? बीवी कोई और ही चीज़ होती है। उसे कुछ तो चुलबुला होना चाहिए। इधर-उधर झांकना चाहिए, ताकि मर्द कान से पकड़-कर कहे, इधर मर! और फिर विधवा की बेटी?···मर्द से यों चिप-टती है, जैसे वह उसका शौहर नहीं, बाप है।

मैं कहां किराये उगाहता फिरूंगा!

थोड़ी देर के प्यार के लिए सीता से अच्छी कोई नहीं। क्या जिस्म पाया है!

तभी मिसरी दिखाई दी, और बब्बल दिखाई दिया···

मिसरी दूर ही से बाबूजी की तरफ अंगुली करती हुई आ रही थी और बब्बल वहीं से गूं-गूं-गां-गां करता हुआ हुमक रहा था। फिर एकाएक बब्बल में ज़िन्दगी उछली, जैसे कोई जल-धार ज़मीन फोड़कर उछलती है और मिसरी को संभालना मुश्किल हो गया।

आज बब्बल भगवान के नहीं, इन्सान के लिबास में था। एक मैली-सी बनियान पहन रखी थी। हां, नीचे अल्लाह ही अल्लाह था।

पास आते ही बब्बल ने दोनों हाथ फैला दिए। 'कमीना! जैसे मैं उसके लिए कुरमुरा लिए ही तो खड़ा हूं, जैसे अन्दर जाना और बाहर आकर उसके हुज़ूर में खिराज पेश करना उसके सब्र की आखिरी हद है।'

दरबारी कुरमुरा लेकर बाहर आया तो आज पहली बार उसे ख्याल आया—मिसरी एक औरत है और बब्बल उसका बच्चा है। और यह सब कितना पावन है, पवित्र है! गरीब लोगों में बाप होता तो है, मगर महज़ एक तकल्लुफ की चीज़!

जभी दरबारी का दिमाग तेज़ी से चलने लगा। वह एक दायरे में घूमता था और घूम-फिरकर वहीं आ जाता था। फिर जैसे कोई पर्दा-सा उठने लगा। आंखें फैलने और मिटने लगीं। दरबारीलाल ने आज वहीं से कुरमुरा बब्बल को दे दिया था। जाने क्या पाप था, जो आज दरबारी बब्बल को गोद में नहीं ले रहा था। जैसे वह शरमा रहा था। लेकिन वह रबड़ की गेंद—बब्बल, जैसे दीवार के साथ लगकर फिर लौट आता। यह नहीं कि आज उसे कुरमुरा नहीं चाहिए था। उसे कुरमुरा भी चाहिए था और आसमान की बादशाहत भी। बब्बल हैरान हो रहा था—आज यह बाबू मुझे लेता क्यों नहीं?

"आज तुमने कितने पैसे बनाए हैं मिसरी?"

"यही कोई चौदह आने।"

"क्यों, सिर्फ चौदह आने क्यों?"

"आज मेरा आदमी नागपाड़े चला गया था।"

"तेरा आदमी?" दरबारी ने हैरान होते हुए कहा, "तुमने कोई आदमी कर लिया है?"

मिसरी हंसी और बब्बल को दोनों बाज़ुओं में थामकर ऊंचा, दरबारीलाल के बराबर करते हुए बोली, "यह है ना मेरा मर्द, मेरा कमाऊ मर्द···इसे आज इसकी मौसी पार्ले की चूना भट्ठा ले गई थी। यह बनियान दी, जो यह हलकट पहनता ही नहीं। यों कन्धे झटकता है, जैसे पूरी धरती का बोझ लाद दिया हो।"

दरबारी समझा और हंसने लगा। अभी तक वह बब्बल का अपने हाथों में नहीं ले रहा था और बब्बल कुरमुरा वगैरह सब भूल-कर शोर मचा रहा था।

मिसरी बोली, "नंगा रहने की आदत पड़ गई, तो बड़ा होकर क्या करेगा?"

"यह ऐसे ही प्यारा लगता है मिसरी।"

बब्बल जैसे हुमक-हुमककर कह रहा था, 'झूठ!···प्यारा लगता हूं तो फिर लेते क्यों नहीं?' और अब तो वह बहुत ही शार मचाने लगा था, "हो-हो-हो···"

"बब्बल होता है, तो तुम कितना कमा लेती हो?" दरबारी ने पूछा।

"यह," मिसरी बब्बल को नीचे करते हुए बोली, उसके बाज़ू थक गए थे, "यह होता है, तो मुझे तीन भी मिल जाते हैं, चार भी मिल जाते हैं···"

दरबारी ने अपनी जेब से दस रुपये का नोट निकाला और मिसरी की तरफ बढ़ाया।

"यह क्या बाबूजी?" वह बोली और उसका चेहरा सुर्ख होने लगा।

"तुम लो ना!" दरबारी बोला और फिर इधर-उधर देखकर कहने लगा, "जल्दी से ले लो, नहीं तो कोई देख लेगा।"

मिसरी ने इधर-उधर देखा। अब उसका चेहरा गहरा सुर्ख हो गया था। उसने जल्दी से दस रुपये का नोट लिया और अपने नेफे में उड़स लिया और उस फिकरे का इन्तज़ार करने लगी, जो अब वह साल में मुश्किल से तीन-चार बार सुनती थी। लेकिन मिसरी का रंग स्याह हो गया, जब उसने दरबारी की बात सुनी···

"तुम तो जानती हो मिसरी," दरबारी बोला, "मैं इससे कितना प्यार करता हूं—बब्बल से। अगर तुम इसे एक दिन के लिए मुझे दे दो···"

मिसरी कुछ न समझी।

दरबारी ने कहा, "मैं इसे कलेजे से लगाके रखूंगा, मिसरी—एक मां की तरह, तुम्हारी तरह। यह मुझे इतना अच्छा लगता है, इतना अच्छा लगता है कि···बहुत ही अच्छा लगता है।" और दरबारी ने हाथ बढ़ाकर बब्बल को ले लिया।

बब्बल एकदम खुशी से उछल गया। दरबारी की गोद में आते ही अब वह कुरमुरों के लिए गर्दन को यों इधर-उधर घुमाने लगा जैसे मोर चलते वक्त अपनी गर्दन को हिलाता, घुमाता है। फिर उसके गोल-गोल, गदराए हुए बाज़ू किसी साइकल की तरह से चलने लगे। दरबारी ने कुरमुरे के कुछ दाने बब्बल के मुंह में डाले, जिन्हें लेते ही वह आमतौर पर मां की तरफ लपका करता था, लेकिन आज वह दरबारी ही के बाज़ुओं में शैतानी हरकतें करता रहा। कभी कहता, छोड़ दो, नीचे उतार दो; कभी पकड़ लो, छाती से लगा लो। बीच में उसने मां की तरफ देखा, हंसा भी, लेकिन मुंह दरबारी की तरफ कर लिया। मां को चिढ़ाने लगा, जैसे दरबारी को चिढ़ाया करता था।

मिसरी अभी तक भौचक्की खड़ी थी और गैर-यकीनी अन्दाज़ से बाप-बेटे की सी दोनों हस्तियों को देख रही थी।

"कहीं आपके कपड़े खराब कर दिए तो?"

"तो क्या हुआ?" दरबारी ने कहा, "बच्चों की हर चीज़ अमृत होती है।"

मिसरी की आंखें नम हो गईं। पहले उसने सोचा था, ज़िन्दगी में बहुत ही नायाब चीज़, थोड़ी देर के लिए उसे मर्द मिल गया। अब उसने सोचा, मेरे बच्चे का बाप मिल गया; और पहली चीज़ से दूसरी कितनी बड़ी थी!

"मैं इसे खिलाऊंगा-पिलाऊंगा, मिसरी," दरबारी ने वादा किया, "तुम रात दस बजे के करीब इसे ले जाना!"

"जी, अच्छा," मिसरी ने सिर हिला दिया।

मिसरी चली, फिर रुक गई। मुड़कर बच्चे की तरफ देखा, जो दरबारी के बाज़ुओं में खेल रहा था और अपने इर्द-गिर्द दरबारी की बन्द मुट्ठी खोलने की कोशिश कर रहा था और उसके न खुलने पर झल्ला रहा था। मिसरी ने आवाज़ भी दी, बब्बल ने देखा भी; मगर उसे आज किसी बात की परवा न थी। बाप की परवा न थी तो मां की भी नहीं।

मिसरी फिर चली, लेकिन जैसे उसका दिल वहीं रह गया। रुक-कर फिर देखने लगी। और जब उसे इस बात की तसल्ली हो गई कि बब्बल रह लेगा तो वह जल्दी-जल्दी चली गई। कुछ दूर जाकर उसने नेफे में से दस का नोट निकाला और उसकी तरफ यों देखा, जैसे कोई अपने शौहर की तरफ देखता है।

दरबारी बब्बल को लिए अन्दर आया। बब्बल को कमरे की बहुत-सी चीज़ों में दिलचस्पी पैदा हो गई। हर चीज़ उसके लिए नई थी। हर बात को वह मुंह में डालकर एक नया तजुर्बा करना चाहता था। ऐसा तजुर्बा जिसकी कोई हद नहीं, ऐसा स्वाद जिसकी सीमा नहीं। तभी मां अन्दर चली आई और दरबारी के हाथ में बच्चे को देख-कर हैरान हो उठी। नाक पर अंगुली रखती हुई बोली, "हाय राम! यह क्या?"

"बब्बल, मां—मिसरी का बेटा," दरबारी बोला, "मुझे बड़ा प्यारा लगता है।"

"इसकी मां कहां है?"

"गई···मैंने थोड़ी देर खेलने को ले लिया है, उधार···एक बार पैदा कर दिया, फिर मां का क्या काम?" दरबारी ने मां की तरफ देखते हुए कहा।

"जारे, जा," मां बोली, "छः-आठ महीने तक ही मां की ज़रूरत होती है, फिर जैसे अपने-आप तेरे ऐसे लौंडे बन जाते हैं!"

"अच्छा मां," दरबारी ने कहा, "मैं इसे पोद्दार कालिज के सामने वाले मैदान में ले जाऊंगा, जहां पास ही मुझे जगमोहन की किताबें भी लौटानी हैं, तू ज़रा इसे पकड़।"

मां ने झुरझुरी ली, "हां—गन्दा," और हाथ हिलाते हुए बोली, "मैं तो इसे हाथ नहीं लगाती।"

भाभी, जो कुछ देर पहले आ खड़ी हुई थी, बोली, "इतना ही शौक है तो अपना ही क्यों नहीं ले आते? शादी कर लेते?"

"नहीं," दरबारी ने भाभी पर चोट करते हुए कहा, "मुझे दूसरों के ही बच्चे अच्छे लगते हैं।"

भाभी ने ठंडी सांस ली, "अब भगवान न दे, तो कोई क्या करे?"

दरबारी ने बब्बल को नीचे फर्श पर बिठा दिया, जहां उसका ध्यान जर्मन सिलवर के एक चमचे ने अपनी तरफ खींच लिया था। दरबारी खुद अन्दर चला गया और बब्बल चमचे को मुंह में डालता, पपोलता रहा। शायद वह कुछ और भी दांत निकाल रहा था।

एकाएकी बब्बल को अपना-आप अकेला महसूस हुआ। उसने अपने हाथ पहले मां फिर भाभी की तरफ फैला दिए। मां तो छी-छी करती हुई अन्दर चली गई। भाभी क्षण-भर के लिए ठिठकी, जैसे अन्दर के किसी उबाल ने उसे मजबूर कर दिया और लपककर उसने बब्बल को उठा लिया और उसे सीने से लगाकर हिलाने लगी, जैसे किसी अपार सुख और शांति के झूले में पड़ी है। बब्बल उसे गन्दा नहीं लग रहा था। मन ही मन में उसने बब्बल को नहला-धुलाकर एक भिखारिन के बेटे से किसी रानी का बेटा बना लिया था और अन्दर ही अन्दर उसने सैकड़ों रेशमी और सूती फिराक बना डाले थे और सोच रही थी, इतना खूबसूरत है, मैं इसके लिए लड़कियों वाले कपड़े बनवाऊंगी।

अन्दर पहुंचकर दरबारी ने सूटकेस निकाला। उसमें कुछ कपड़े रखे और फिर उसके ऊपर टैगोर, प्रेमचन्द और लारेंस की कुछ किताबें। फिर धप्प से सूटकेस बन्द किया और बैठक की तरफ उमड़ा।

बैठक में पहुंचा, तो बब्बल हमेशा की तरह छातियों में सिर दिए हुए था। दरबारी के पहुंचते ही उसने मुंह निकाला और एक विजेता की तरह दरबारी की तरफ देखने लगा। फिर अगले ही पल, जाने किस जज़्बे, किस जोश से उसने अपने पूरे पर दरबारी की

तरफ फैला दिए। दरबारी ने बढ़कर एक हाथ में बब्बल को उठाया और दूसरे में सूटकेस थामा और 'अच्छा भाभी···' कहकर निकल गया।

दादर पहुंचकर, रेडीमेड कपड़ों की दुकान से दरबारी ने बब्बल के लिए एक कमीज़ खरीदी और साथ एक नीकर भी। कमीज़ तो जैसे-तैसे जभी बब्बल ने पहन ली, लेकिन नीकर पहनते वक्त उसने बाकायदा शोर मचाना, चीखना-चिल्लाना शुरू कर दिया था। जितनी देर भी वह खड़ा रहा, बराबर अपनी टांगों से साइकल चलाता रहा। अभी हुमका, फिर गिरा। दरबारी एक हाथ से पकड़ता, तो वह दूसरे हाथ की तरफ लुढ़क जाता, और फिर मुंह उठाकर दरबारी की तरफ हैरानी से देखता जैसे कह रहा हो—अजीब आदमी हो, एक बच्चा भी पकड़ना नहीं आता!

फिर एकाएकी बिजली के एक कुमकुमे ने उसका ध्यान अपनी तरफ खींच लिया। वह ऊपर की तरफ हुमका। बिजली के डर से दरबारी ने हाथ ऊपर किया ही था कि बब्बल ने पास चलते हुए टेबल-फैन की जाली में अपनी अंगुली जा डाली। दुकानदार ने लपककर हाथ हटा लिया, नहीं तो जनाब की अंगुली उड़ गई होती। झटके से हाथ परे करने पर उसने रोना शुरू कर दिया और जब दरबारी ने उसे गोद में उठाया, तो वह शिकायत के लहजे में पहले दरबारी और फिर दुकानदार की तरफ देख रहा था, और उसकी तरफ हाथ उठाकर जैसे कह रहा था, 'इसने मुझे मारा!'

टैक्सी में बैठते ही बब्बल कुछ झल्ला-सा गया। दरअसल उसे नीकर की वजह से तकलीफ हो रही थी। वह 'ज़िन्दगी-भर' यों कसा न गया था। दरबारी ने उसे सीट पर बिठाने की कोशिश की, लेकिन वह तकले की तरह अकड़ गया, जैसे कह रहा हो तुम गाड़ी पर बैठो, मैं तुमपर बैठूंगा नहीं, मुझे लेकर चलो—बाज़ार में, जहां लोग आ-जा रहे थे। फिर उसने ज़ोर से ऊपर-नीचे होकर आखिर नीकर निकाल ही दी और उसपर कूदते हुए उसे यों चूर-मूर कर दिया कि कोई इस्तरी उसके बल सीधे न कर सकती थी।

और अब नीकर निकाल देने के बाद वह खुश था। एक अजीब किस्म की आज़ादी का अनुभव हो रहा था उसे, जब वह खिड़की में खड़ा सारी दुनिया को देख और दिखा रहा था!

दरबारी जब सीता के यहां पहुंचा, तो वह घर पर न थी। दरबारी ने सिर पीट लिया। मां ने बताया वह प्रभादेवी में कुमुद से मिलने गई है। प्रभादेवी का इलाका कोई दूर न था, लेकिन कुमुद के घर का कैसे पता चले? पूछता, तो मां कहती, क्यों, काम क्या इसलिए खामोश ही रहना अच्छा था।

इससे पहले कि मां पूरे तौर पर दरबारी पर हावी हो जाती, सीता चली आई—बहार के एक झोंके की तरह, दामन में पत्ते ही पत्ते, फूल ही फूल लिए। उसने आयरनग्रे रंग की एक चोली चुस्त की हुई थी और बेगमी चावलों के कलर की सी हैण्डलूम साड़ी लपेट रखी थी, जो शरीर की सारी रेखाओं को एक आज़ाद, एक तूफानी-से बहाव में ले आई थी! खुद वह बहार का झोंका थी, लेकिन दरबारी के लिए पतझड़ का पैगाम। उसके अन्दर के फूल-पत्ते एक-एक करके खुश्क होने, गिरने और कुछ आंधियों के साथ उड़ने लगे···और जो डाल पर रह गए थे, सूखकर आपस में टकराने, दिल को धड़काने लगे।

सीता ने आते ही पहले बब्बल को देखा और आंखें फैलाईं, "यह किसका है?" और फिर लपककर बच्चे के पास जा पहुंची, "हये, कितना प्यारा है, बबलू-सा!"

"हां," दरबारी ने कहा, "बब्बल ही इसका नाम है, तुम्हें कैसे पता चला?"

"मुझे क्या मालूम?" सीता ने ताली बजाते, बब्बल को अपनी गोद में बुलाते हुए कहा, "हर बच्चे की शक्ल ही से उसका नाम पता चल जाता है···तुम्हें नहीं चलता?"

बब्बल ने पहले शक व शुबे की नज़र से सीता की तरफ देखा और फिर मुस्करा दिया जैसे बरसों से जानता हो, और फिर तराज़ू के अन्दाज़ में बाज़ू उठा दिए। सीता ने उसे उठा लिया, छाती से लगा लिया और सब औरतों की तरह थोड़ा झूल गई। बस, रिश्ता

कायम होते ही बब्बल ने छोटी अल्मारी पर पड़ी हुई किसी टोकरी की तरफ इशारा किया और 'ऊ···ऊ···ऊ' करने लगा, जैसे कह रहा हो, इसमें कुछ है मेरे लिए?

दरबारी की निगाहों में ख्वाब थे और जब सीता ने देखा तो उसकी नज़रों में सेजें और बच्चे। शायद बब्बल सीता की आंखों में प्रतिबिम्बित हो रहा था। दरबारी ने कुछ उतावले होकर कहा, "घण्टे-भर से मैं तुम्हारी राह देख रहा हूं, दीदी ने बुलवाया है।"

सीता ने मां की तरफ देखा, "मां···"

"हां बेटा," मां ने इजाज़त देते हुए कहा।

"ठहरो···मैं इसके लिए कुछ बिस्कुट···।"

दरबारी ने और बेसब्री से कहा, "होते रहेंगे, तुम चलो··· मेरे पास इतना-सा भी वक्त नहीं है।" और सीता बब्वल के गाल से अपने गाल रगड़ती हुई चल दी, कहती हुई, "ए तू तो थोता छा, मोता-छा, गोला-छा बबलू है···"

और सीता दिल में इतना-सा भी शक लिए बगैर चल दी। बाहर टैक्सी को देखते हुए बोली, "इसपर चलेंगे?"

दरबारी ने सिर हिला दिया। टैक्सी ड्राइवर जो उकता रहा था, खुश हो गया। पीछे की तरफ लपककर उसने टैक्सी का दरवाज़ा खोला और बब्बल और सीता और दरबारी बैठ गए। तभी सीता की निगाह सूटकेस पर पड़ी। एक शक की परछाईं उसके चेहरे पर से गुज़री, "यह सूटकेस···?"

"हां," दरबारी ने कहा।

"दीदी के यहां जा रहे हो?"

"कहीं भी जा रहा हूं, तुम्हें इससे क्या?" और फिर एक क्रोध-भरी निगाह सीता पर फेंकते हुए बोला, "तुमने कहा नहीं था, जहां भी ले जाओगे, जाऊंगी?"

सीता को कुछ बातें समझ में आने लगीं। दरबारी के चेहरे की रंगत, सूटकेस···बच्चा···उसने डर के आलम में बब्बल को सीट पर बिठा दिया और नथुने फुलाती हुई बोली, "हां, कहा था।"

सीता ने फिर एक तेज़-सी नज़र दरबारी पर फेंकी और फिर

अपनी निगाहें चुरा लीं। उसे अपने-आप जैसे कुछ गन्दा लगा। साड़ी के पल्लू से उसने अपना लाल होता हुआ चेहरा पोंछा। दर-बारी ने खुमार-भरी निगाह सीता पर फेंकते हुए कहा, "सीता, तुम फिर लगी हो, उस दिन की तरह करने!"

सीता डर गई। "नहीं तो," वह बोली।

टैक्सी हाजीअली से जा रही थी। आज समन्दर का वही रंग था जो मानसून से पहले होता है—मैला-कुचैला, गन्दा और गीला, शायद दूर कहीं बरसात शुरू हो चुकी थी और बेशुमार गन्दे नाले और नदियां समन्दर में पड़ी थीं···

फिर वही सफर—ताड़देव, ओपेरा हाउस, महात्मा गांधी रोड, फ्लोरा फाउण्टेन—और एक होटल। आज वह होटल नहीं था, जहां उस दिन गए थे।

सामने एक बैरा खड़ा था। दरबारी, सीता और बब्बल को देखकर लपका। बड़ी इज़्ज़त, बड़े ही आदर के साथ उसने टैक्सी का दरवाज़ा खोला। दरबारी उतरा। टैक्सी वाले को पैसे दिए और फिर बैरे को सूटकेस उतारने का इशारा किया···सीता उतरी। उसकी आंखें झुकी-झुकी-सी थीं और बब्बल को अपने बाज़ुओं में लेने से जैसे उसे कुछ हिचकिचाहट-सी हो रही थी।

"उठाओ ना," दरबारी ने बब्बल की तरफ इशारा करते हुए कहा, "बच्चा हमेशा औरत उठाती है···"

सीता ने कुछ बेबसी के आलम में बब्बल की तरफ देखा, जिसे वह अभी उठाना न चाहती थी, लेकिन दरबारी और उसके गुस्से से डरती थी। मर्द और उसकी वहशत से सहमी थी। उसने बब्बल को उठा तो लिया, लेकिन उससे प्यार न कर सकती थी।···उसे कच्ची-कच्ची, खट्टी-खट्टी, गन्दी-गन्दी डकार-सी आने लगी थीं।

होटल ऊपर था। दरबारी ने यह भी तो न पूछा, 'कमरा है?···' अब कोई ज़रूरत न थी। वह अपनी निगाहों में वही पेशावरों की सी बेबाकी पैदा कर चुका था, जिसकी अब ज़रूरत भी न थी।

सीता ने देखा—सीढ़ियों पर जैसे किसीने तेल और घी के

ड्रम के ड्रम लुढ़का रखे हैं। रस्सा, जिसकी मदद से न जाने कितने लोग ऊपर गए थे, हाथों के लगने से मैला और गन्दा लग रहा था। पूरे वातावरण से किसी बासी वेणी की बू आ रही थी।

रस्से को हाथ लगाए बगैर ही सीता दरबारी के पीछे-पीछे ऊपर पहुंच गई थी।

मैनेजर साहब ने तीनों को आते देखा, तो उसके चेहरे पर एक विचित्र पावन-सी चमक चली आई। वह उजलत से काउण्टर के पीछे से निकला और दोनों हाथ कमरे की तरफ स्वीप करते हुए बोला, "वैलकम, सर···" आज सब कमरों के दरवाज़े सीता और दरबारी के लिए खुले थे।

दरबारी ने मैनेजर से कहा, "हम बिल्ली मौरा से आए हैं और इस वक्त ट्रांजिट में हैं, रात के ग्यारह बजे वाली पंजाब मेल से आगरा जाएंगे, जहां ताजमहल देखेंगे जो शाहजहां ने अपनी चहेती मुमताज़ के लिए बनवाया था। दरअसल उसे मुमताज़ से उतनी मुहब्बत न थी, जितना जुर्म का एहसास था क्योंकि उससे उसने सोलह, अठारह बच्चे पैदा किए थे और अपनी इस ज़्यादती का उसे सिला देना चाहता था···" पर इन बातों की ज़रूरत ही न थी। मैनेजर 'सर, सर' करता रहा। ज़रूरत पड़ने पर हंसता भी, ज़रूरत से ज़्यादा भी हंसता···सिर भी हिलाता, झुक-झुककर आदाब भी बजा लाता।

रजिस्टर पर दस्तखत करने के बाद दरबारी कमरे में पहुंचा, तो बब्बल के हाथ में बिस्कुट थे।

"ये किसने दिए?"

"बैरे ने," सीता बोली।

"और यह—आइसक्रीम की कोन?

"पड़ोस का एक मेहमान दे गया है।"

और बैरा बच्चे के लिए दूध ला रहा था···जैसे वह सदियों से बेकार था और आज एकाएकी उसे कोई काम, ऐसा रोज़गार मिल गया था जो कभी खत्म होनेवाला न था, जिसमें कभी छटनी नहीं होती, जिसके सामने 'टिप्स' की आमदनी और पगार कोई मानी न रखते थे। वह खुश था और दूध की कटोरी हाथ में थामे हुए वह यों

खड़ा था, जैसे वह किसीको नहीं, कोई उसे कृतार्थ कर रहा है। वह जाना, टलना न चाहता था।

"अच्छा, बैरा," दरबारी ने बेरहमी से बैरे को झिड़कते हुए कहा, "हम थक गए हैं, देखो ना, कब से चले हैं! अब थोड़ा आराम करेंगे।"

"जी!" बैरा बोला, "मेरी ज़रूरत पड़े साहब···"

दरबारी ने खट से दरवाज़ा बन्द कर लिया और अन्दर से चटखनी चढ़ा दी। वह सचमुच थक गया था। उसने एक गहरी सांस ली और जाकर बिस्तर पर बैठ गया। उसे सीता का बब्बल को दूध पिलाना बुरा लग रहा था। लेकिन वह कुछ कह न सकता था। कहता तो बुरा लगता, बहुत ही बुरा।

तभी अपने खिलन्दरीपन से बब्बल ने कटोरी को हाथ मारा और दूध नीचे गिर गया, "हाय! गन्दा कहीं का!" सीता ने कहा और रूमाल से उसका मुंह पोंछने लगी और झाड़न से फर्श साफ करने। बब्बल को हाथ लगाने की देर थी कि वह सीता की बांह पकड़कर खड़ा हो गया।

सीता अन्दर ही अन्दर कांप रही थी, दरबारी कुछ शर्मिन्दा-सा नज़र आने लगा था।

"यह होटल कोई इतना अच्छा नहीं," वह यों ही सी कोई बात करने के लिए बोला।

"ठीक है," सीता बेपरवाही से बोली।

फिर दरबारी ने नाक सिकोड़कर इधर-उधर सूंघा और कहने लगा, "कोई बू-सी आ रही है···" और फिर उसने शर्मिन्दगी के कतरे अपने माथे पर से पोंछ डाले और बेसब्री की हालत में बोला, "तुम अब उसे छोड़ो भी!"

सीता ने बब्बल को बिठाने की कोशिश की, लेकिन वह तकला हो गया।

दरबारी ने एक ऐशट्रे बब्बल के पास ला रखी और बब्बल उसे खिलौना समझकर लपका। वह बैठ गया और खेलने लगा।

फिर आगे बढ़कर दरबारी ने एक अनाड़ी, बेढंगे, भोंडे अन्दाज़ में सीता का हाथ पकड़ लिया।

"भगवान के लिए···" सीता बोली और उसने बब्बल की तरफ इशारा किया।

लेकिन दरबारी की आंखों पर जैसे कोई चर्बी छाई हुई थी। उसे कुछ न दिखाई दे रहा था। सिर्फ एक ही ऐहसास था कि वह है और एक तरोताज़ा और शादाब लड़की। वह तेज़ी से सांस ले रहा था। उसने जब अपने बाज़ू सीता के गिर्द डाले तो वे गोश्त-पोश्त के नहीं, लकड़ी के मालूम हो रहे थे और सीता के नर्म और गुदगुदे जिस्म में खुपे जा रहे थे। सीता ने कोई रोक-टोक न की। दरबारी की बांहों में कांपती हुई वह हर क्षण बेदम होती जा रही थी···आज वह खुद भी बेसहारा हो जाना चाहती थी।···

बब्बल ने डरकर दोनों की तरफ देखा।

सीता को अभी तक रोते देखकर दरबारी सीता से कह रहा था, "वही मतलब हुआ न···तुम मुझसे प्यार नहीं करतीं।"

"मैं तुमसे प्यार नहीं करती? ···मैं तुमसे···"

बब्बल ने ऐशट्रे की राख मुंह पर मल ली थी और अब रोने लगा था।

"चुप बे···" दरबारी ने नफरत और गुस्से के साथ कहा।

सीता चौंकी, वह बाहर भाग जाना चाहती थी, लेकिन—उसके हाथ-बाज़ू जवाब दे चुके थे।

दरबारी की डांट के बाद बब्बल ने एक वहशत के आलम में चिल्लाना शुरू कर दिया। दरबारी एकदम आगबबूला हो गया। वह लपका जैसे बच्चे का गला घोंट देगा; मर्द और औरत के बीच इस बेमेल आवाज़ को हमेशा के लिए खत्म कर देगा। बब्बल के पास पहुंचते ही उसने ज़ोर से एक थप्पड़ बब्बल को मार दिया। वह लुढ़क-कर दूर जा गिरा।

"शर्म नहीं आई," कहीं से मिसरी की आवाज़ आई।

दरबारी ने पलटकर देखा—मिसरी नहीं, सीता थी जो किसी अनजानी ताकत के आ जाने से अर्धनग्न अवस्था में उठकर बब्बल के पास चली आई थी और उसे उठाकर अपनी छाती से लगा लिया था। बब्बल सीता की छातियों में सिर दिए रो रहा था, सिसकियां

ले रहा था। फिर उसने अपना मुंह उठाया और बंधी हुई घिग्घी के बावजूद दरबारी की तरफ इशारा करने लगा, जैसे कह रहा हो, 'इसने मुझे मारा!'

आज दरबारी को पता चला, वह किस कदर नीच, क़िस कदर कमीना और किस कदर वहशी है! वह सीता से इतना शर्मिन्दा न था जितना बब्बल से···आनेवाली पीढ़ियों को वह क्या जवाब देगा! लेकिन अपने-आपको हक-ब-जानिब कहने की उसके पास अभी बहुत-सी दलीलें थीं।

तभी दरबारी ने अपना सिर किसी दलदल में से उठाया और बब्बल की तरफ देखने लगा। वह सीता की तरफ देख भी न सकता था क्योंकि कुछ कपड़े उसके बदन पर नहीं थे और जो दरबारी को दुनिया का नीच इंसान समझ रही थी जो इस कमीनी हद तक उतर सकता था···फिर वह कुछ भी नहीं समझ रही थी।

शर्मसारी, नदामत और शर्मिन्दगी से दरबारी ने अपना हाथ बब्बल की तरफ बढ़ाया। सीता का बस चलता तो वह कभी बब्बल को उसके हाथों में न देती। लेकिन वह क्या करती, बब्बल खुद ही लपककर दरबारी के बाज़ू में चला आया था। अब दरबारी के पास कोई दलील नहीं थी और न सीता के पास।

"सीता!" दरबारी ने कहा।

सीता कुछ न बोली।

"सीता!" दरबारी फिर बोला, "तुम कभी···कभी मुझे माफ कर सकोगी!" और फिर जाकर एक हाथ से सीता का नंगापन ढक दिया और दूसरा बाज़ू, बड़े प्यार से अन्दाज़ में उसके गिर्द डाल दिया और कहने लगा, "हम पहले शादी करेंगे।"

अब सीता दरबारी से लिपट गई और बच्चों की तरह से फूट-फूटकर रोने लगी। उसके आंसुओं में अब दरबारी के आंसू भी शामिल हो गए थे। दोनों के दुःख एक हो गए थे, और सुख भी···और बीच में साला बब्बल यो हंस रहा था जैसे कुछ हुआ ही नहीं।

जोगिया

नहा-धोकर, नीचे के तीन साढ़े तीन कपड़े पहने, जोगिया रोज़ की तरह उस दिन भी अलमारी के पास आ खड़ी हुई और मैं अपने यहां से, थोड़ा पीछे हटकर देखने लगा। ऐसे में दरवाज़े के साथ जो लगा तो 'चूं' की एक बेसुरी आवाज़ पैदा हुई। बड़े भैया, जो कहीं पास ही बैठे शेव बना रहे थे, मुड़कर बोले, "क्या है जुगल?"

"कुछ नहीं, मोटे भैया," मैंने उन्हें टालते हुए कहा, "गर्मी बहुत है!"

और मैं फिर, सामने देखने लगा—साड़ी के सिलसिले में जोगिया आज कौन-सा रंग चुनती है?

मैं जे० जे० स्कूल आफ आर्ट्स में पढ़ता था। रंग मेरे हवास पर छाए रहते थे। रंग मुझे मर्द-औरतों से अधिक मुखर मालूम होते थे और आज भी होते हैं। फर्क सिर्फ इतना है कि लोग अक्सर बेमानी बातें करते हैं, लेकिन रंग कभी मानी से खाली बात नहीं करते।

हमारा मकान कालबादेवी की दादी शेठ अग्यारी लेन में था। पारसियों की अग्यारी तो कहीं दूर, गली के मोड़ पर थी। यहां पर सिर्फ मकान थे—आमने-सामने और एक-दूसरे से बगलगीर हो रहे थे। इन मकानों की हम-आगोशियां कहीं तो मां-बच्चे के प्यार की तरह धीमी-धीमी, मुलायम-मुलायम और साफ-सुथरी थीं और कहीं मर्द-औरत की मुहब्बत की तरह मजनुआना—सीना-ब-सीना, लब-ब-लब, गलीज़ और···पाक।

सामने बापनू घर की किस्म के कमरों में जो कुछ होता था, वह

हमारे यहां, ज्ञान भवन से साफ दिखाई देता—अभी बिजूर की मां तरकारी छील रही है और चाकू से अपना ही हाथ काट लिया है। दिनकर भाई ने अहमदाबाद से तिल और तेल के दो पीपे मंगवाए हैं और पंजाबन सबकी नज़रें बचाकर अण्डों के छिलके कूड़े के ढेर में फेंक रही है···जैसे हमारे ज्ञान भवन से उन लोगों का खाया-पीया सब पता चलता था, ऐसे ही उन्हें भी हमारा सब अज्ञान नज़र आता होगा।

जोगिया के मकान का नाम तो 'रणछोड़ निवास' था, लेकिन मैं उसे बापनूं घर की किस्म का मकान इसलिए कहता हूं कि उसमें आम तौर पर विधवाएं और छोड़ी हुई औरतें रहती थीं, जिनमें से एक जोगिया की मां थी, जो दिन-भर किसी दर्ज़ीघर में सिलाई की मशीन चलाती और इससे इतना पैसा पैदा कर लेती, जिससे अपना और बेटी का पेट पाल सके और साथ ही उसकी तालीम भी पूरी कर ले।

जोगिया सत्रह-अठारह वर्ष की एक खूबसूरत लड़की थी। कद कोई ऐसा छोटा न था, लेकिन बदन के भरे-पूरे और गठे हुए होने की वजह से उसपर छोटा होने का गुमान गुज़रता था। किसीको यकीन भी न आ सकता था कि जोगिया दाल, रिंगना और हफ्ते में एक-आध बार की श्रीखण्ड से इतनी तन्दुरुस्त हो सकती थी। बहर-हाल, इन लड़कियों का कुछ मत कहिए, जो भी खाती हैं अल्मल-गल्मल, इनके बदन को लगता है और बाज़ वक्त तो गलत हिस्सों को लगता है, जिन्हें मैं तो सही हिस्से कहता हूं, क्योंकि औरत के जिस्म में पतली-पतली, पीली-पीली रेखाओं की बनिस्बत, मुझे गहरी-गहरी और भरपूर रेखाएं अच्छी लगती हैं। जोगिया का चेहरा सोमनाथ के मन्दिर के मुखद्वार की तरह चौड़ा था, जिसमें कन्दीलों जैसी आंखें, रात के अंधेरे में भटकते हुए मुसाफिरों को रोशनी दिखाती थीं। मूर्ति में नाक और होंठ पन्ने और माणिक की तरह टंके हुए थे। सिर के बाल कमर से नीचे तक की पैमाइश करते थे, जिन्हें वह कभी ढीला-ढाला और भीगा-भीगा रखती और कभी इस कदर खुश्क बना देती कि उनकी कुछ लटें बाकी के बालों से

ख्वाहमख्वाह अलग होकर चेहरे और गर्दन पर मचलती रहतीं। उसका चेहरा क्या था, पूरा तारामण्डल था जिसमें चांद ख्यालों और जज्बों के साथ घटता और बढ़ता रहता था। जोगिया यों बड़ी भोली थी, लेकिन अपने-आपको सजाने-बनाने के सिलसिले में बहुत चालाक थी। कब और किस वक्त क्या करना हैं, यह वही जानती थी और उसके इस जानने में उसकी तालीम का बड़ा हाथ था, जिसने उसके हुस्न को दोबाला कर दिया था। गड़बड़ थी तो सिर्फ रंग की, क्योंकि जोगिया का रंग ज़रूरत से ज़्यादा गोरा था, जिसे देखते ही ज़ुकाम का सा एहसास होने लगता। अगर बाकी की चीज़ें इतनी समानुपाती न होतीं, तो बस, छुट्टी हो गई थी।

मैं नहीं जानता मुहब्बत किस चिड़िया का नाम है, लेकिन यह हकीकत है कि जोगिया को देखते ही मेरे अन्दर कोई दीवारें-सी गिरने लगती थीं और जहां तक मुझे याद है, जोगिया भी मुझे देख-कर असंगत बातें करने लगती। जोगिया मेरी भतीजी हेमा की सहेली थी। अजीब सहेलपना था, क्योंकि हेमा सिर्फ सात साल की थी और जोगिया अठारह वर्ष की। उनकी दोस्ती की कोई वजह थी, जिसे सिर्फ जोगिया जानती थी और या फिर मैं जानता था। मोटे भैया और भाभी सिर्फ यही समझते थे—वह हेमा से प्यार करती है, इस-लिए उसे पढ़ाने आती है। यों हमारे घर में आकर जोगिया सबको सबक दे जाती थी। मैं जो एक आर्टिस्ट बनने जा रहा था, ऐसी रख-रखाव की बातों का कायल न था, लेकिन मेरी मजबूरियां थीं। मैंने कमाना शुरू नहीं किया था और मेरे हर किस्म के खर्च का भार मोटे भैया पर था। अलबत्ता बीच-बीच में मुझे इस बात का भी ख्याल आता था, इस दांव-घात में एक मज़ा है। पश्चिम में लड़के-लड़कियां जो इतनी आसानी से एक-दूसरे का हाथ अपने हाथ में ले लेते हैं, बिना किसी आग के भड़के ही एक-दूसरे की आगोश में चले आते हैं, खाक लुत्फ उठाते हैं! इत्तफाकन प्रेमिका के बदन से छू जाने पर उनके अन्दर तो कोई बिजली न दौड़ती होगी। शायद उनको कोई ऐसा लुत्फ आता हो, जो अपने लुत्फ से ऊंचा हो, लेकिन हमारे यहां तो स्पर्श से इधर की बातों ही में ऐसी लज़्ज़त का अनुभव

होता है कि उनके मिलन में भी क्या होगा!

यों ही दो-चार बार मेरा हाथ जोगिया के पिण्ड को लग गया होगा। एक बार, सिर्फ एक बार मैंने अपने इरादे से जोगिया का मुंह चूमा था—

हम घर से थोड़े-थोड़े वक्फे और फासले के साथ निकलते थे और फिर पारसियों की अग्यारी के पास मिल जाते। हमारे इस 'राज़' को सिर्फ वह पारसी पुजारी ही जानता था जो फरिश्तों के लिबास में अग्यारी के बाहर ही बैठा होता और मुंह में जन्दावेस्ता पढ़ता रहता। वह, सिर्फ वह हमारे 'सरोश' को समझता था। इसलिए उसके पास से गुज़रते हुए हम उसे ज़रूर 'साहब जी' कहते और फिर उस रास्ते पर चल देते, जो दुनिया के मनोरंजन-केन्द्र मैट्रो सिनेमा की तरफ जाता था, जहां पहुंचकर जोगिया अपने कॉलिज की तरफ चल देती और मैं अपने स्कूल की तरफ। रास्ते-भर हम इधर-उधर की बातें करते और उनसे पूरा आनन्द लेते। अगर प्यार की बातें होतीं भी, तो किसी दूसरे के प्यार की, जिनमें वह मर्द को हमेशा बदमाश कहती और फिर उस बात पर कुढ़ती भी कि उसके बगैर भी गुज़ारा नहीं···एक दिन बिरला मातुश्री में किसी आर्टिस्ट की नुमायश थी और पूरे शहर बम्बई में से कोई भी उस बदनसीब की तस्वीरों को देखने और खरीदने न आया था। सिर्फ मैं और जोगिया पहुंचे थे और वह भी तस्वीरें देखने की बजाय, एक-दूसरे को देखने, महसूस करने के लिए। पूरे हॉल में हमारे सिवा कोई न था और तीन तरफ से रंग हमें घूर रहे थे। 'जुहू में एक सुबह' के नाम की एक बड़ी-सी तस्वीर थी, जिसमें ऊपर के हिस्से पर, ब्रश से गहरे सुर्ख रग को मोटे-मोटे और भद्दे तरीके से थोपा और पुचारा गया था, जिसने हमारी रूहों तक में आग की लपटें पैदा कर दीं। उस तस्वीर के नीचे एक स्टूल-सा पड़ा था, जिसपर जोगिया किसी अन्दरूनी थकान के एहसास से बैठ गई। उसकी सांस किस कदर तेज़ थी, और मैं जानता था, मुहब्बत में एक कदम भी बाज़ वक्त सैकड़ों कोस होता है···और आदमी चलने से पहले थक जाता है।

आर्टिस्ट रुआंसा होकर ऊपर चला गया था—देखने, कोई आता-मरता है या नहीं। अपनी नफरत में वह हमारी मुहब्बत को न देख सका था।

जभी हम दोनों के अकेले होने ने पूरे हॉल को भर दिया।

उस दिन मैंने जोगिया से सब कह देना चाहा। हम दोनों ही प्यार की हेराफेरियों से तंग आ चुके थे। चुनांचे मैंने एक कदम आगे बढ़ाया, ठिठका और फिर स्टूल के पास, जोगिया के ऐन पीछे खड़ा हो गया। मैं कह भी सका तो इतना—"जोगिया! मैं तुम्हें एक लतीफा सुनाऊं?"

"सामने आके सुनाओ," वह बोली।

मैंने कहा, "लतीफा ही ऐसा है!"

मेरी तरफ देखे बगैर ही उसे मेरे हैस-बैस का अन्दाज़ा हो रहा था और मुझे पीछे, उसके कानों की लबों से उसकी मुस्कराहट दिखाई दे रही थी। आखिर मैंने लतीफा शुरू किया: "एक बहुत ही डरपोक किस्म का प्रेमी था।"

"हूं···," जोगिया के संभलने ही से उसकी दिलचस्पी का अन्दाज़ा हो रहा था।

"वह किसी तरह भी अपनी प्रेमिका को अपना प्यार न जता सकता था।"

इसपर जोगिया ने तीन-चौथाई में मेरी तरफ देखा: "तुम लतीफा सुना रहे हो?"

"हां," मैंने कुछ लज्जित-सा होते हुए कहा।

और जोगिया फिर सीधी होकर बैठ गई—प्रतीक्षा में···एक ऐसी प्रतीक्षा, जो बहुत ही लम्बी हो गई थी, जिसमें क्षणों की चिंगा-रियां, किसी बारूद से छूट-छूटकर निकल रही थीं, शून्य में फट रही थीं और आखिर विनाश का अंश होती जा रही थीं। जभी 'जूहू में एक सुबह' में लाल रंग के बीच से सूरज की किरणें नीचे समुद्र की स्याहियों में से डोलती हुई किश्ती पर पड़ीं और मैंने कहा, "वह लड़की अपने प्रेमी से तंग आ गई। आखिर उसने सोचा, इस बेचारे में तो हिम्मत ही नहीं। क्यों न मैं उसे कोई ऐसा मौका दूं, शायद···

चुनांचे उसने अपने जन्मदिन पर लड़के को बुला लिया। लड़का आया भी, गुलदस्ता भी लाया, जिसे हाथ में लेते हुए उसकी प्रेमिका ने कहा, 'हये, कितना प्यारा है! यह ऊदे में गुलाबी, गुलाबी में सफेद रंग के फूल···इनके बदले तो कोई मेरा मुंह भी चूम ले।' "

"फिर?"···जोगिया की बेसब्री पीछे से भी दिखाई दे रही थी।

"फिर···लड़की ने अपना मुंह चुम्बन में थोड़ा आगे कर दिया, मगर···वह लड़का बाहर जा रहा था, दरवाज़े की तरफ···"

"हे भगवान!" और जोगिया ने कोई हाथ अपने माथे पर मार लिया था···

मैंने अपना बयान जारी रखते हुए कहा, "लड़की बोली, 'कहां जा रहे हो, लाली?'···जिसपर लाली ने दरवाज़े के पास मुड़ते हुए कहा, 'और फूल लेने···' "

इससे पहले की जोगिया हंसती और उसका इन्तज़ार हमेशगी पर छा जाता, मैंने पीछे से उसके दोनों बाज़ू जकड़कर उसका मुंह चूम लिया था। अब जोगिया बनावटी गुस्से से मुझे हल्के-हल्के थपेड़े लगा रही थी और अपने होंठ पोंछ रही थी। वह हंस न सकती थी, क्योंकि वह नाराज़ थी और खुश भी। मुहब्बत के इस नीरस और उजड्ड सफर में एकाएकी ज़मीन का कोई ऐसा टुकड़ा चला आया था जिसे बारिश के छींटों ने हरा-भरा कर दिया था—उस दिन अगर हम जोशीले, गहरे सुर्ख रंग की तस्वीर के नीचे खड़े न होते, तो मैं जोगिया का मुंह न चूम सकता था। इसके बाद आर्ट का दिलदादा कोई आदमी आया और उसने बाज वाली तस्वीर खरीद ली, जिसका नाम था: 'कोई किसीका नहीं' और जिसमें एक औरत सिर हाथों में दिए रो रही थी। सब रंगों में उदासी थी और वह ऐसे वक्त में उदासी के रंग खरीद रहा था, जबकि सब खिलते रंग हमारे थे, जेब में एक पाई न होने के बावजूद सब तस्वीरें हमारी थीं, नुमायश हमारी थी। जोगिया एक महान तृप्ति की अनुभूति से पूरित, बाहर दरवाज़े के पास पहुंच चुकी थी, जहां से उसने एक बार मुड़कर मेरी तरफ देखा, मुक्का दिखाया, मुस्कराई और दौड़ गई···।

कुछ देर यों ही इधर-उधर रंग उछालने के बाद मैं भी बाहर

चला आया। दुनिया की सब चीज़ें उस रोज़ उजली-उजली दिखाई दे रही थीं। लोगों ने ऐसे ही रंगों के नाम ऊदा, पीला, काला और नीला वगैरा रख छोड़े हैं। किसीको ख्याल भी नहीं आया, एक रंग ऐसा भी है जो इनके जोड़-घटाव में नहीं आता और जिसे उजला कहते हैं और जिसमें इन्द्रधनुष के सातों रंग छिपे हुए हैं···मेरा गला कृतज्ञता की अनुभूति से रुंधा हुआ था—मैं किसका शुक्रिया अदा कर रहा था?···इसी एक स्पर्श से जोगिया हमेशा के लिए मेरी हो गई थी। मैं जैसे उसकी तरफ से बेफिक्र हो गया था। अब वह किसीके साथ ब्याह भी कर लेती, किसीके साथ सो भी जाती, जब भी वह मेरी थी। ऐसा चुम्बन जिसमें सच्चाई हो, वलवला हो, बद-नसीब शौहर को कहां मिलता है!

तो गोया उस दिन मैं देख रहा था, कौन-से रंग की साड़ी जोगिया अपनी अलमारी में से निकालती है। अगर वह मुझे मेरे यहां के दरवाज़े के पीछे देख लेती, तो ज़रूर इशारे से पूछती : 'आज कौन-सी साड़ी पहनूं', और इसीमें सारा मज़ा किरकिरा हो जाता। मैं तो जानना चाहता था, सुबह-सवेरे, नहा-धोकर जब कोई सुन्दरी अपनी साड़ियों के ढेर के सामने खड़ी होती है, तो उसमें कौन-सी चीज़ है जो इस बात का फैसला करती है—आज अमुक रंग की साड़ी पहननी चाहिए। इन औरतों के सोचने का तरीका बड़ा पुर-इसरार है और पुर-पेच—इतना भेद, इतना रहस्य कि मर्द उसकी थाह को भी नहीं पहुंच सकता। सुना है, चांद न सिर्फ औरत के खून, बल्कि उसके सोच-विचार पर भी असर-अन्दाज़ होता है। लेकिन चांद का अपना तो कोई रंग ही नहीं, रोशनी ही नहीं। वह तो सब सूरज से उधार लेता है···जभी···जभी साड़ी पहनने से पहले औरत हमेशा अपने किसी सूरज से पूछ लेती है: 'आज कौन-सी साड़ी पहनूं?'

नहीं, नहीं···उसका अपना रंग है, अपना फैसला। हर किसीको कोई मर्द थोड़े बताने जाता है! फिर रात का भी तो एक रंग होता है, उसका अपना रंग···

उस दिन वाकई बहुत गर्मी थी। नीचे दादी शेठ अग्यारी लेन में आते-जाते लोग रेत के रंग की सड़क पर से गुज़रते थे, तो मालूम होता था मौसम की भटयारिन दाने भून रही है। जभी कोई पंजाबी या मारवाड़ी बड़ा-सा पगड़ बांधे आता, तो ऊपर से बिल्कुल मक्की का दाना मालूम होता, जो भट्ठी की आंच में फूलकर सफेद हो जाता है···

यहां ज्ञान भवन से मुझे सिर्फ रंग के छींटे दिखाई दिए। वे सब साड़ियां थीं जिनमें से एक जोगिया अपने लिए, मेरे लिए, सारी दुनिया के लिए चुन रही थी। यों ही उसने एक बार मेरे घर की तरफ देखा। शायद उसकी निगाहें मुझे ढूंढ़ रही थीं; लेकिन मैंने तो किसी ओट की सुलेमानी टोपी पहन रखी थी, जिससे मैं तो सारी दुनिया को देख सकता था, लेकिन दुनिया मुझे न देख सकती थी। उस दिन वाकई मेरी हैरानी की कोई हद न रही जब मैंने देखा, जोगिया ने हल्के नीले रंग को चुना है। ऐसी गर्मी में यही ठण्डा रंग अच्छा मालूम होता है। अगर मैं होता तो जोगिया को यही रंग पहनने का मशवरा देता। जभी मैंने सोचा: मैंने बहुत छिपने की कोशिश की है, लेकिन जोगिया ने अपने मन में बुलाकर मुझसे पूछ ही लिया है। फिर वही शुरू की जुदाई और आखिर का मेल। मालूम होता था, अग्यारी तक यह दुनिया और उसके कानून हैं। उसके बाद कोई कानून हमपर लागू नहीं होता।

मैंने बढ़कर जोगिया के पास पहुंचते हुए कहा, "आज तुमने बड़ा प्यारा रंग चुना है, जोगी···"

"मैं जानती थी, तुम इसे पसन्द करोगे!"

"तुम कैसे जानती थीं?"

"ऐसे ही···कभी-कभी तुम्हारा मन मेरे मन में आ जाता है।"

"हूं," मैंने सोचते हुए कहा, "आज तुम्हें छूने, हाथ लगाने को भी जी नहीं चाहता।"

"जी क्या चाहता है?"

"उस वक्त एक विक्टोरिया हम दोनों के बीच में आ गई, जिसे निकलने में सदियां लगीं। मेरी निगाहें फिर झीलों में तैरने, छींटे

उड़ाने लगीं। जब तक हम प्रिंसेस स्ट्रीट का चौराहा पार करके मैट्रो के पास आ चुके थे, जहां से हमारे रास्ते जुदा होते थे। मैंने कहा, "आज जी चाहता है, सिर तुम्हारे पैरों पर रख दूं और रोऊं।"

"रोऊं? क्यों?"

"शास्त्र कहते हैं···आत्मा के पाप रोने ही से धुल सकते हैं।"

"कौन-सा पाप किया है तुम्हारी आत्मा ने?"

"ऐसा पाप, जो मेरा शरीर न कर सका।"

···ऐसी बातों को औरतें बिल्कुल नहीं समझतीं और या फिर ज़रूरत से ज़्यादा समझ जाती हैं। जोगिया न समझ सकी···अपना ही कोई विचार उसके मन में चला आया था, "जानते हो मेरा जी क्या चाहता है?"

"क्या, क्या—क्या?" मैंने कुछ बेसब्री से पूछा।

"चाहता है···" और उसने अपने हल्के नीले रंग की साड़ी की तरफ इशारा किया, "तुम्हें इसमें छिपाकर उन अम्बरों पर उड़ जाऊं, जहां से न आप ही वापस आऊं, न तुम्हें आने दूं।" और यह कहते हुए जोगिया ने एक बार ऊपर, हल्के नीले रंग के आसमान की तरफ देखा, जहां से वह कभी आई थी···

मैं कुछ देर के लिए वहीं थम गया और उन खुशनसीबों के बारे में सोचने लगा जिन्हें जोगिया ऐसी सुन्दरियां अपने दामन में छिपा-कर अम्बरों पर ले गई हैं; जहां से वे न खुद आई हैं और न उन्हें आने दिया है; खुदा भी उनके पास से गुज़रता है, तो एक सर्द आह भरके चला जाता है।

मुड़कर देखा, तो जोगिया जा चुकी थी।

अम्बर तो कहां, जोगिया मुझे तपती हुई ज़मीन और टूटी-फूटी सड़क के एक तरफ यतीम और लावारिस छोड़ गई थी, जिसका एहसास मुझे खासी देर के बाद हुआ। गर्मी से फटती हुई सड़क की दरारों में घोड़ागाड़ियों के बड़े-बड़े पहिये फंस रहे थे और उनके ड्राइवर पेशानियों पर से पसीना पोंछते, इधर-उधर आवाज़ें कसते आ-जा रहे थे···जभी मैंने देखा शीतल जल की सी कोई मौज चली

आ रही है। वह कोई और जवान लड़की थी, लम्बी, ऊंची, बॉबकट बाल, जो हल्के नीले रंग की शलवार-कमीज़ पहने हुए थी।

चन्द कदम और आगे गया, तो एक नहीं, दो, तीन, चार औरतें हल्के नीले रंग के कपड़े पहने हुए शॉपिंग करती फिर रही थीं।

यह तजुर्बा मुझे पहली बार नहीं हुआ था। इससे पहले भी एक बार क्रॉफर्ड मार्केट के इलाके में आने-जानेवाली सब औरतों ने धानी लिबास पहन रखा था। फर्क था तो सिर्फ इतना, किसीकी ओढ़नी धानी थी और किसीकी साड़ी। स्कर्ट भी धानी थे और मैं सोचता रह गया था: सवेरे जब ये औरतें नहा-धोकर बालों को छांटती, बनाती हुई कपड़ों की अलमारी के पास पहुंचती हैं, तो उनमें कौन-सी बात, कौन-सा ऐसा जज़्बा है जो उन्हें बता देता है—आज मौलसरी पहनना चाहिए। यह तो समझ में आता है कि एक दिन कोई नारंगी रंग इस्तेमाल करती है, तो फिर उससे उसकी तबीअत ऊब जाती है और फिर दूसरे दिन उसका हाथ अपने-आप किसी दूसरे रंग की तरफ उठ जाता है, मसलन सरसों का सा पीला रंग, चम्पई रंग, गुल अनारी, कासनी, फीरोज़ी···लेकिन वह कौन-सी बेतार बर्क़ी की क्रिया है, जिससे वे सब एक-दूसरे को बता देती हैं और फिर एकाएकी पूरा बाज़ार, पूरा संसार एक ही रंग से भर जाता है? शायद यह मौसम की बात है या शुक्लपक्ष की रात की या वैसे ही चांद की, बादल की। शायद कोई प्रचलित फैशन, किसी ऐक्ट्रेस का लिबास है, जो उनके चुनाव में दखल रखता है! ···नहीं, ऐसी तो कोई बात नहीं। बाज़ वक्त वे रंगारंग कपड़े भी पहनती हैं और क्या कुछ मर्द की आंखों के सामने लहरा देती हैं!

उस दिन सबकी साड़ियां हल्के नीले रंग की देखकर मेरी आंखों को यकीन न आ रहा था। समझ का लेशमात्र भी दिमाग में न घुस सकता था। जबकि मैं स्कूल पहुंचा, एक क्लास खत्म हो चुकी थी और लड़के-लड़कियां बाहर आ रहे थे। कुछ आकर कम्पाउण्ड में गुलमोहर के नीचे खड़े हो गए।

उनमें सुकेशी भी थी। उसके स्कर्ट का भी रंग हल्का

नीला था।

अगर हेमन्त, मेरा दोस्त, वहां न मिल जाता, तो मैं पागल हो जाता। हेमन्त यों तो पतझड़ को कहते हैं, लेकिन वह हकीकत में वसंत था—बहार, जो उसपर हमेशा छाई रहती थी। दुनिया-भर में कहीं, किसी जगह भी एक ही मौसम नहीं रहता और न एक रंग रहता है, लेकिन उसके चेहरे पर हमेशा एक ही सी हंसी और व्यंग्य रहता था, जिसके कारण हम उसे कहा करते थे: 'साले! चाहे वहां का ज़ोर लगा ले, तू कभी आर्टिस्ट नहीं बन सकता—क्या तुझपर गिरेबान फाड़कर बाहर भाग जाने की नौबत आई है? बेबसी में अकड़े हुए हाथ तूने हवा में फैलाए हैं और अपने बाल नोचे हैं! क्या तेरे बदन पर एकाएकी लाखों टिड्डे रेंगे हैं? रात के वक्त, अंधेरे में चमगादड़ तुझपर झपटे हैं और अपना मुंह तेरे गले से लगाकर तेरा खून चूसा है? क्या तू उस वक्त बच्चों की तरह रोया है, जब तेरी तस्वीर इनामी मुकाबले में अव्वल आई हो? क्या तुझे ऐसा महसूस हुआ है कि मां-बाप होते हुए भी तू यतीम है और दोस्त एक-एक करके तुझे अन्धे कुएं में धकेलकर चल दिए हैं? क्या तूने जाना है, जिस मन्सूर को सूली पर चढ़ाया गया था, वह तू था? तेरे चेहरे पर स्याहियां छटी हैं और उसपर के खत इतने सख्त और घिनौने और ताकतवर हुए हैं जितने मैक्सिको के म्यूरल्स!

आज फिर मैंने उसे बताया—शहर की सब औरतें हल्का नीला लिबास पहने निकल आई हैं। हेमन्त ने अपने दांत दिखा दिए और हस्बमामूल मेरा मज़ाक उड़ाने लगा। वह मुझे सावन का अन्धा समझता था जिसे हर तरफ हरा ही हरा दिखाई देता है। मैंने सुकेशी की तरफ इशारा किया, जिसे हम मॉडल कहा करते थे। वह आज तक किसीका मॉडल न बनी थी, लेकिन उसके बदन की रेखाएं बिल्कुल वैसी लड़कियों की थीं। मैंने कहा, "देखो, आज यह भी हल्के नीले रंग का स्कर्ट पहने हुए है।"

हेमन्त ने मुझे कुछ न कहा। वह मेरा हाथ पकड़कर, घसीटता हुआ कम्पाउण्ड से लॉन पर ले आया, जो पास के पेड़ों से पटा पड़ा था। वहां एक किनारे पर पहुंचकर वह बाड़ के पीछे खड़ा हो गया,

जहां से सामने सड़क दिखाई देती थी। एक रास्ता क्राफर्ड मार्केट की तरफ जाता था और दूसरा विक्टोरिया टर्मिनस और हार्नबी रोड की तरफ। वह साबित करना चाहता था, यह सब मेरा वहम है। वहां पहुंचे तो कोई औरत ही न थी। अगर औरतें अपने-अपने मर्दों को हल्के नीले रंग की साड़ियों में छिपाकर ऊपर, अम्बरों पर उड़ गई होतीं, तो वहां मर्द नज़र न आते। लेकिन—चारों तरफ मर्द ही मर्द थे और वे यों घूम-फिर रहे थे जैसे कभी किसी औरत से उन्हें सरोकार ही न था। कोई लम्बा था और कोई नाटा। कोई खूबसूरत और कोई बदसूरत और तोंदीला···और वे सब भाग रहे थे, जैसे उन्हें किसी औरत को जवाब नहीं देना है। जभी उधर से, जैसे लोहे की बनी हुई, घाटन गुजरी जिसने हरे रंग का काश्टा लगा रखा था। उसकी तरफ इशारा करते हुए हेमन्त बोला, "पहचाना अपनी इस अम्मां को···"

मैंने बेकार की उज्रदारी की, "मैं इन बेचारी, गरीब, मज़दूर औरतों की बात नहीं करता।"

"किनकी करते हो?"

"उनकी, जिनके पास कपड़े तो हों।"

जभी मेरी बदकिस्मती से एक सैडॉन, सामने, पारसी दारूवाले के यहां रुकी। उसमें अधेड़ उम्र की एक औरत बैठी थी। वह उसी वर्ग की प्रतिनिधि थी, जिसके पास न सिर्फ कपड़े होते हैं, बल्कि बेशुमार होते हैं और रंग इतनी किस्म के कि वे बौखला जाती हैं। इसलिए जब वे अपनी वार्डरोब के सामने खड़ी होती हैं तो उन्हें सुन्दरियों का वह बेतार बर्की का पैगाम नहीं आता। उनकी हालत उस खरीदार की तरह होती है, जिसके सामने कोई दुकानदार तरह-तरह का ढेर लगा दे और वह उनमें से कुछ भी न चुन सकें। वह औरत खूब लिपी-पुती हुई थी और उसने एक शोला रंग की साड़ी पहन रखी थी। पचास फुट चौड़ी सड़क के इस पार से मुझे उसकी वजह से गर्मी लग रही थी, लेकिन उसे इस बात का एहसास न था कि बाहर आग बरस रही है, जिसमें शोले का सा रंग न चलेगा। कितना बाज़ारू था मज़ाक उसका!

उस औरत का नौकर जो थोड़ी देर पहले परमिट के कागज़ संभालता हुआ अन्दर गया था, एक टोकरी में कुछ व्हिस्की और चन्द बियर की बोतलें रखे हुए बाहर चला आया और डिकी खोलकर उनमें रखने लगा। जब तक मैं हेमन्त के सामने लज्जित हो चुका था। अपनी शर्मिन्दगी को छिपाने के लिए मैंने कहा, "ये बियर की बोतलें···कम से कम इसके मर्द को तो गर्मी लगती है।"

ऐसे ही मैं हेमन्त के सामने कई बार शर्मिन्दा हुआ। एकाध बार मुझे उसे शर्मसार करने का मौका मिल गया, जबकि सब औरतें सुरमई साड़ियां पहने सड़क पर चली आई थीं। मुझे हमेशा उनके रंग एक-से लगते थे, लेकिन जब हेमन्त मेरा कान पकड़कर मुझे बाहर लाता तो मुझे वे सब अलग-अलग दिखाई देने लगते। आखिर मैंने इसे अपने दिमाग का वहम समझकर इन बातों का ख्याल ही छोड़ दिया।

लेकिन—वह छूटता कैसे? एक दिन जोगिया ने काले ब्लाउज़ और मटमैले रंग की साड़ी का बेहद खूबसूरत मेल पैदा कर लिया था। उस दिन सब औरतों ने यही कॉम्बीनेशन कर रखा था। फर्क था तो सिर्फ इतना कि उनमें से किसीका ब्लाउज़ मटमैला था तो साड़ी काले रंग की थी, जिसमें सुनहरे का एकाध तार झिलमिला रहा था।

कई मौसम बदले। खिंजां गई तो बहार आई—यानी जिस किस्म की खिंजां और बहार बम्बई में आ सकती है। और फिर उस बहार में एक हास-सा पैदा होना शुरू हुआ; एक चुभन, तलखी की एक हल्की-सी लहर चली आई, जो प्रेम और तृप्ति को पराकाष्ठा की सीमा तक पिघला देती है और जज़्बों की आंखों में आंसू चले आते हैं···फिर कहीं हरा ज़्यादा हरा हो गया और उसपर ताज़गी और खिलावट की एक लहर दौड़ गई, जैसे बारिश के दो छींटों के बीच सुबक-सी हवा पानी पर दुशाला बुन देती है। फिर समन्दर में इस कदर जमर्रुद घुला कि नीलम हो गया और उसमें मछलियों की चांदियां तड़प-तड़पकर अपने-आपको माहीगीरों के हवाले करने

लगीं। फिर आकाश पर ध्वनि और विद्युत् का टकराव हुआ। बादल गरजे, बिजली तड़पी और एकाएक छाजों ही पानी पड़ने लगा। इस अरसे में जोगिया ने कई नीले-पीले, ऊदे-काले, सरदई और सुरमई, धानी और चम्पई रंग बदले। उसे कितनी जल्दी थी लड़की से औरत बन जाने की और फिर औरत से मां हो जाने की! मुझे यकीन था कि इतनी सेहतमन्द लड़की के जब बच्चे पैदा होंगे, जुड़वां होंगे, बल्कि तीन-चार भी हो सकते थे···मैं उन्हें कैसे संभालूंगा? और इस ख्याल के आते ही मैं हंसने लगा।

इन दिनों जोगिया अपनी बीमार मां के पैर पड़कर उससे लिपस्टिक लगाने की इजाज़त भी ले चुकी थी। एक तरफ ज़िन्दगी धीरे-धीरे बुझ रही थी और दूसरी तरफ लपक-लपककर खिल रही थी। जोगिया ने लिपस्टिक इस्तेमाल करने की इजाज़त तो ले ली, लेकिन इतनी साड़ियों, इतने रंगों के लिए इतने लिपस्टिक कहां से लाती? मैंने एक दिन मैक्स फैक्टर की लिपस्टिक खरीदकर तोहफे में जोगिया को दी, तो वह कितनी खुश हुई, जैसे मैंने किसी बहुत बड़े राज की कुंजी उसके हाथ में दे दी है। वह भूल ही गई कि वह मेरे साथ गिरगाम के ट्राम पट्टे पर खड़ी है। वह मुझसे लिपट गई। इसके फौरन ही बाद उसकी आंखें मीलों ही अन्दर धंस गई और नमी-सी बाहर चली आई। मैं समझा, जोगिया बेहद जज़्बाती लड़की है। भला मेरे सामने इतनी कृतज्ञ दिखाई देने की क्या ज़रूरत है? लेकिन बात दूसरी थी। जिस रंग की मैं लिपस्टिक लाया था उससे मैच करती हुई साड़ी जोगिया के पास न थी और न खरीदने के लिए पैसे थे। मेरे पास भी इतने पैसे न थे जिनसे कोई खूबसूरत-सी साड़ी खरीदकर उसे दे सकता। मैंने तो लिपस्टिक के पैसे भी मोटे भैया की जेब से चुराए थे और या भाभी के साथ उस इश्क में बटोरे थे, जिसका हक सिर्फ देवर ही को पहुंचता है।

बरसात खत्म हुई, तो एक तमाशा हुआ। जोगिया ने घर में बड़ों के वक्त के पड़े हुए कुछ जड़ाऊ तावीज़ बेच डाले और मेरी लिपस्टिक के साथ मैच करती हुई एक साड़ी खरीद ली। इस बात का मुझे कहां पता चलता, लेकिन हमारे घर में एक मुखबिर थी—

जोगिया की सहेली हेमा! ···जोगिया ने नारं जी सुर्ख रंग की साड़ी पहनी और जब हम अग्यारी पार लाकानूनियत के जंगल में मिले तो मैंने जोगिया को छेड़ा, "जानती हो, जोगिया! आज तुम क्या लगती हो?"

"क्या लगती हूं?"

"बीर बहूटी···जो बरसात होते ही निकल आती है।"

जोगिया के दिल में कोई शरारत आई। मेरी तरफ देखते हुए बोली, "जानते हो तुम कौन हो?"

"?"

"बीर—और मैं बीर बहूटी!"

और इसके बाद जोगिया इस कदर लाल होकर भाग गई कि उसके चेहरे के रंग और साड़ी के रंग में ज़रा भी फर्क न रहा।

उस दिन सब औरतों ने नारं जी रंग के कपड़े पहन रखे थे—अपनी आंखों के इस जुलूस की ताब न लाकर मैंने फिर हेमन्त से कह दिया। अब के हेमन्त ने अकेले नहीं, तीन-चार लड़कों को साथ लिया और शाहराह आम पर मेरी बेइज़्ज़ती की। शायद मुझे इतना बेइज़्ज़ती का एहसास न होता, अगर सुकेशी वहां न आ जाती, जो सफेद नॉयलोन की साड़ी पहने हुए थी और उसमें तकरीबन नंगी नज़र आ रही थी—वह दिन-ब-दिन मॉडल होती जा रही थी।

जोगिया की बीर बहूटी बनने की कितनी ख्वाहिश थी! इसका मुझे रूह की गहराइयों तक से अन्दाज़ा था, लेकिन मैं कुछ न कर सकता था। सिवाय इसके कि मैं स्कूल से पास होकर निकल जाऊं और कोई अच्छी-सी नौकरी कर लूं या तस्वीरें बनाकर मालाबार हिल और वार्डन रोड के झूठे कलापारखियों को औनेपौने में बेच दूं। लेकिन इन सब बातों के लिए वक्त चाहिए था, जो मेरे पास तो बहुत था, थोड़ा जोगिया के पास भी था, लेकिन उसकी मां के पास न था, मेहनत और मशक्कत की वजह से जैसे कोई 'कर्मरोग' लग गया था उसे।

मैं इस इन्तज़ार में था कि एक दिन भाभी और मोटे भैया से कह दूं। लेकिन मुझे इसकी कभी ज़रूरत ही न पड़ी। हेमा वापनू

घर में जोगिया के प्यार, दुलार लेती हुई एकाएकी अपने घर में आ धमकती और धड़ से कह डालती: "काका! क्यों नहीं तुम जोगिया से ब्याह कर लेते?"

और मैं हमेशा कहता: "धत्!"

यह धत्, अगर मैं ही कहता था तो कोई बात न थी। कुछ दिनों बाद हेमा की इस टांय-टांय पर भैया और भाभी ने उसे डांटना शुरू कर दिया। और एक दिन तो भाभी ने उस मासूम को ऐसा तमाचा मारा कि वह उलटकर दहलीज़ पर जा गिरी। उस दिन मेरा माथा ठनका। मुझे यों लगा जैसे इस बारे में दोनों घरों के बीच कोई बात हुई है।

मेरा अन्दाज़ा ठीक था। जोगिया और बिजूर की माओं और पंजाबन ने मिलकर भाभी के साथ बात चलाई और मुंह की खाई। बापनूं घर की औरतें यों ठीक थीं। उनसे बातें कर लेना, उनके साथ चीज़ों का तबादला भी दुरुस्त था। एकाध को इशारे से फुसला लेना और चोरी-छिपे उनसे हमबिस्तरी कर लेना भी ठीक था, लेकिन उनके साथ रिश्ते-नाते की बात चलाना किसी तरह भी दुरुस्त न था। फिर और भी बहुत-सी बातें निकल आईं जो हमारे गुजराती घरों का वबाल, उनका ज़हर, मिट्टी का तेल और कुआं होती हैं—जोगिया की मां लड़की को कुछ लम्बा-चौड़ा दे-दिला न सकती थी। इसीलिए हमारे घरों में जब कोई लड़की जवान होती है, तो कुछ लोग उसकी तरफ देखकर कहते हैं—तैयार हो गई मरने को···खैर, देने-दिलाने की बात पर मैं तनकर खड़ा हो गया, लेकिन उसके बाद भाभी और ज्ञान भवन की औरतों ने दूसरी बातें शुरू कर दीं—जोगिया का बाप कौन था? कोई कहती, वह मुसलमान था और कोई बुढ़िया गवाही देती, वह एक पुर्तगाली था, जो बड़ौदा में बड़े अर्से तक रहा था···जो भी हो, वे सब बातें थीं। एक बात जो खोजबीन के साथ मुझे पता चली वह यह थी कि जोगिया की मां मनावदर के ब्राह्मण दीवान की दूसरी बीवी थी, जिसे कानून ने न माना। जोगिया उसी दीवान की लड़की थी, मगर लोग जोगिया की मां, एक ब्याहता औरत को दीवान साहब की रखैल कहते थे।

ये इसी किस्म के लोग थे, जिन्होंने जोगिया की मां के कुछ भी पल्ले न पड़ने दिया और वह बम्बई चली आई। कुछ भी था, इसमें जोगिया का क्या कसूर था? वह तो अपने बाप की मौत के तीन महीने के बाद पैदा हुई थी और उसकी ममता का मुंह आज तक न देखा था। मैं इन सब चीज़ों के खिलाफ जिहाद करने, जोगिया के साथ फुटपाथ पर रहने को तैयार था, लेकिन बाकी सबने मिल-कर जोगिया की मां को इस कदर सदमा पहुंचाया कि वह मरने के करीब हो गई। अब वह चाहती थी, जल्दी से जल्दी जोगिया का हाथ, किसी वाजबी गुज़ारनेवाले मर्द के हाथ में दे दे। मेरे घर वालों की बातों के कारण वह मेरी सूरत से भी बेज़ार हो गई थी। उसने अपनी बेटी से साफ कह दिया कि अगर उसने मुझसे शादी की बात भी की, तो वह कपड़ों पर तेल छिड़ककर जल मरेगी। जोगिया अब कॉलिज न जाती थी और बापनूं घर के जोगिया वाले फ्लैट के किवाड़ अक्सर बन्द रहते थे, और हम ताज़ा हवा के एक झोंके के लिए तरस गए थे।

एक शाम मुझपर बहुत कड़ी आई। सरे-शाम ही अंधेरे के चमगादड़ के बड़े-बड़े पर मुझ गरीब पर सिमटने लगे थे। कुछ देर के बाद यों लगा जैसे कोई मेरी कण्ठनली पर अपना मुंह रखे तेज़ी से मेरी सांस चूस रहा है। जितना मैं हटाने की कोशिश करता हूं, उतना ही उसके दांत मेरे गले में गड़ते जा रहे हैं···इन शामों का रंग स्याह भी नहीं होता और सफेद भी नहीं होता। इनका सिर्फ एक ही रंग होता है—दमघोंटू और जानलेवा। और जिन लोगों पर ऐसी शामें आती हैं वही जानते हैं कि ऐसे में सिर्फ मां की छातियां और प्रेमिका की छातियां ही उनको बचा सकती हैं। मेरी मां मर चुकी थी और जोगिया मेरी न हो सकती थी···

ओफ—इतनी घुटन, इतनी उदासी! उदासी का भी एक रंग होता है—मैला-मैला, छिदरा-छिदरा, जैसे मुंह में रेत के बेशुमार ज़र्रे। और फिर उसमें एक सड़ांध होती है, जिससे मितली भी होती है और नहीं होती। आखिर आदमी वहां पहुंच जाता है जहां से

एहसास की हदें खत्म हो जाती हैं और रंगों की पहचान जाती रहती है···

सुबह उठा तो मेरा इस घर, इस शहर, इस दुनिया से भाग जाने को जी चाहता था। अगर जोगिया की मां न होती और वह मेरे साथ चलने को तैयार हो जाती, तो मैं उसे लेकर कहीं भी निकल जाता···जभी मुझे बैरागी याद आने लगे, बौद्धभिक्षु याद आने लगे, जो इस दुनिया को छोड़ देते हैं और कहीं से भी भिक्षा लेकर अपने पेट में डाल लेते हैं और बैठकर 'ओम् मने पद्मे' की जाप करने लगते हैं।

मैं वाकई इस दुनिया को छोड़ देना चाहता था, लेकिन सामने बापनूं घर में जोगिया के फ्लैट का दरवाज़ा खुला और जोगिया मुझे सामने नज़र आई। ऐसा मालूम होता था जैसे वह रातों नहीं सोई। उसके बाल बेहद रूखे थे और यों ही इधर-उधर चेहरे और गले में पड़े थे। उसने कंघी उठाई और बालों में खुबो दी। कुछ देर बाद वह अल्मारी के पास जा पहुंची···

मैं स्कूल की तरफ जा रहा था। रास्ते में सब औरतों ने जोगिया कपड़े पहन रखे थे। उन्हें किसने बताया था?—वे उदास थीं जैसे ज़िन्दगी की हकीकत जान लेने पर उन्हें भी कोई बैराग हो गया था। उनके हाथों में खड़ताल थीं और मुंह में भजन, जो न तो किसीको दिखाई दे रहे थे और न सुनाई दे रहे थे। वे भिक्षुणी बनी एक दरवाज़े से दूसरे पर जा रही थीं और उन्हें खटखटा रही थीं, लेकिन इस भरे शहर में कोई भी उन्हें भिक्षा देने के लिए बाहर न आ रहा था।

स्कूल पहुंचा तो हेमन्त बदस्तूर हंस रहा था। आज उसने पहल की। बोला, "शहर की औरतों ने आज क्या रंग पहन रखा है?"

मैं इस बेहिस आदमी को जवाब न देना चाहता था, लेकिन अपने-आप ही मेरे मुंह से निकल गया : "आज वे सब जोगिनें बन गई हैं, सबने बैराग ले लिया है और जोगिया पहन लिया है।"

उस दिन मैं उसे और सुकेशी को गुलमोहर के नीचे से पाम के पेड़ों में से घसीटता हुआ बाड़ के पास ले गया। सामने सड़क चल रही थी और उसपर इन्सान के पुतले साकित थे। उन सबने बैराग ले लिया था और जोगिया कफनियां पहने बिना इरादा, बेमकसद, फटी-फटी आंखों से घूर रहे थे, जैसे इस दुनिया में कोई मर्द नहीं, कोई औरत नहीं जिसे इनको जवाब देना है।

मैंने एक औरत की तरफ इशारा किया। वह जोगिया कपड़े पहने, हाथ में कमण्डल लिए जा रही थी। हेमन्त खिलखिलाके हंसा। साथ सुकेशी भी हंसी, जिसने जुनेज पहन रखी थी और उसके कूल्हे, उसकी रानें तक दिखाई दे रही थीं। वह पूरे तौर पर मॉडल बन चुकी थी···

जब हेमन्त की हंसी थमी, तो उसने कहा, "तू बिल्कुल पागल हो गया है, जुगल···कहां हैं जोगिया कपड़े? इस औरत ने तो ऊदी साड़ी पहन रखी है और वह कमण्डल जो तुझे दिखाई देता है, एक खूबसूरत पर्स है।" सुकेशी ने भी हेमन्त का समर्थन किया।

मैं हवास-बाख्ता सड़क पर खड़ा सामने देखता रहा। जभी एक बस आकर रुकी और उसमें से एक लड़की उतरी···। 'यह कैसे हो सकता है!' मैंने अपने-आपसे कहा, 'वह जोगन है जोगिया कपड़े पहने हुए मैं क्या अन्धा हूं?'

लेकिन अपनी आंखों पर यकीन करने के लिए मैं कुछ देर वहीं खड़ा रहा। कुछ देर के बाद मुझे यकीन हो गया और पीछे देखते हुए मैंने आवाज दी, "हेमन्त···!"

लेकिन हेमन्त और सुकेशी एक-दूसरे की बांह में बांह डाले अन्दर जा चुके थे। उनके कहकहे सुनाई दे रहे थे। वे मुझे ऐसे ही बेयारो-मददगार इस सहरा के किनारे छोड़ गए थे जैसे लोग पागल आदमी को छोड़ जाते हैं···यह भी उनकी इनायत थी कि उन्होंने मुझे पत्थर नहीं मारे थे।

और वह लड़की इस तरफ आ रही थी। अब तो पूरे संसार पर फैले हुए उस रंग के बारे में किसी किस्म का शक न था। इससे पहले कि मैं यकीन और ईमान की बुलन्द आवाज़ के साथ हेमन्त और

सुकेशी को पुकारता वह लड़की मेरे करीब आ चुकी थी। मैंने एक आवाज़ सुनी: "बीर!"

और मैंने चौंककर देखा—किसी दूसरे रंग का सवाल ही पैदा न होता था, क्योंकि वह खुद जोगिया थी, जिसे मैंने उस सुबह अपने ज्ञान भवन से, बापनूं घर के खुले दरवाज़े में से, सब साड़ियों में से जोगिया रंग की साड़ी का चुनाव करते देखा था।

एक अजीब बेअख्तियारी के आलम में मैंने एक कदम आगे बढ़ाया और अजीब बेबसी के आलम में रुक गया। जोगिया बोली, "मैं कल बड़ौदा जा रही हूं।"

"क्यों जोगिया, बड़ौदा में क्या है?"

"मेरी ननिहाल—वहां मेरा ब्याह हो रहा है, परसों···।"

"ओ···!"

"मैं तुमसे मिलने आई थी।"

"तो मिलो।" मैं जाने क्या कह रहा था···

उस वक्त आर्ट्स स्कूल के कुछ लड़के-लड़कियां, प्रिंसिपल साबरी और कुछ दूसरे लोग आ-जा रहे थे, जबकि जोगिया ने उचककर इतने ज़ोर से मेरा मुंह चूम लिया कि मैं बौखला और लड़खड़ाकर रह गया। वह अठारह-उन्नीस बरस की लड़की के बजाय पैंतीस-चालीस बरस की एक भरपूर औरत बन गई थी। उसका चुम्बन कितना कंपकंपाता हुआ था, कितनी पवित्र वहशत और शहवत थी उसमें!

अगर कुछ लोग देख भी रहे थे, तो हमें वे दिखाई न दिए।

वे देख भी रहे थे तो क्या कर सकते थे! जाते हुए जोगिया ने कहा, "मेरे जाने के बाद तुम रोए तो मैं तुम्हें मारूंगी, हां!" और साथ ही उसने मुझे मुक्का दिखाया···

और इसके बाद जोगिया चली गई।

सवेरे ज्ञान भवन और बापनूं घर के सामने एक विक्टोरिया खड़ी थी जिसपर बाज़ार का बोझा उठानेवाले कुछ सूटकेस और ट्रंक रख रहे थे और कुछ यों ही इधर-उधर का सामान। उन लोगों को रुखसत करने के लिए बापनूं घर के सब लोग नीचे चले आए थे

लेकिन सामने, ज्ञान भवन से मेरे सिवा कोई न आया था। मोटे भैया और भाभी तो क्या आते, मासूम हेमा को भी उन्होंने गुसलखाने में बन्द कर दिया था जहां से उसके रोने की आवाज़ गली में आ रही थी।

पहले बिजूर की मां और पंजाबन के सहारे जोगिया की मां उतरी और गिरती-पड़ती विक्टोरिया में बैठ गई। थोड़ा-सा सांस दुरुस्त किया और फिर सबकी तरफ हाथ जोड़ते हुए बोली, "अच्छा बहनो, हम चलते भले, तुम बसते भले!"

और फिर आई—जोगिया!

जोगिया ने हल्के गुलाबी रंग की एक खूबसूरत साड़ी पहन रखी थी और गुलाब ही का फूल मेहनत और खूबसूरती से बनाए हुए जूड़े में टांक रखा था। अभी वह विक्टोरिया में बैठी भी न थी कि अग्यारी का पारसी पुरोहित उधर आ निकला। मैंने आदतन कहा, "साहबजी!"

"साहबजी!" पारसी पुरोहित ने कहा और फिर मुझे और जोगिया को तकरीबन एकसाथ खड़े देखकर मुस्कराया और आशीर्वाद में हाथ उठाए और मुंह में जन्दावेस्ता का जाप करते हुए चला गया। जोगिया गाड़ी में बैठी तो उसके होंठों पर मुस्कराहट थी।

जब, मैं भी मुस्करा दिया!

अपने दुःख मुझे दे दो

शादी की रात, बिल्कुल वह न हुआ जो मदन ने सोचा था।

जब चकली भाभी ने फुसलाकर मदन को बीच वाले कमरे में धकेल दिया तो इन्दू, सामने शालू में लिपटी हुई, अंधेरे का भाग बनी जा रही थी। बाहर चकली भाभी, दरयाबाद वाली फूफी और दूसरी औरतों की हंसी, रात के खामोश पानियों में, मिश्री की तरह, धीरे-धीरे घुल रही थी। सब औरतें यही समझती थीं, इतना बड़ा हो जाने पर भी मदन कुछ नहीं जानता, क्योंकि जब उसे, बीच रात को, नींद से जगाया गया तो वह हड़बड़ा रहा था:····'कहां, कहां ले जा रही हो मुझे?'

उन औरतों के अपने दिन बीत चुके थे। पहली रात के बारे में उनके शरीर पतियों ने जो कुछ कहा और माना था, उसकी गूंज तक उनके कानों में बाकी न रही थी। वे खुद रस-बस चुकी थीं और अब एक और अपनी बहन को बसाने पर तुली हुई थीं। ज़मीन की ये बेटियां मर्द को तो यों समझती थीं जैसे बादल का टुकड़ा है, बारिश के लिए जिसकी तरफ मुंह उठाए देखना पड़ता है। न बरसे तो मिन्नतें माननी पड़ती हैं, चढ़ावे चढ़ाने पड़ते हैं, जादू-टोने करने होते हैं। हालांकि मदन, कालकाजी की इस नई आबादी में, घर के सामने, खुली जगह में पड़ा, इसी वक्त का मुन्तज़िर था। फिर शामते-ऐमाल पड़ोसी सिब्ते की भैंस उसकी खाट ही के पास बंधी थी और बार-बार फुंकारती हुई मदन को सूंघ लेती थी और वह हाथ उठा-उठाकर उसे दूर रखने की कोशिश करता—ऐसे में भला नींद का सवाल ही कहां था?

समुद्र की लहरों और औरत के खून को रास्ता बतानेवाला चांद, एक खिड़की के रास्ते से अन्दर चला आया था और देख रहा था, दरवाज़े के उस तरफ खड़ा मदन, अगला कदम कहां रखता है। मदन के अपने अन्दर एक घनगरज-सी हो रही थी और उसे अपना आपा यों मालूम हो रहा था जैसे बिजली का खम्भा है जिसे कान लगाने से उसे अन्दर सनसनाहट सुनाई देगी। कुछ देर यों ही खड़े रहने के बाद उसने आगे बढ़कर पलंग को घसीटते हुए चांदनी में कर दिया ताकि दुल्हन का चेहरा देख सके। फिर वह ठिठक गया। जभी उसने सोचा—इन्दू मेरी बीवी है, कोई पराई औरत तो नहीं जिसे न छूने का सबक बचपन ही से पढ़ता आया हूं। शालू में लिपटी हुई दुल्हन को देखते हुए उसने मान लिया, यहां इन्दू का मुंह होगा और जब हाथ लपकाकर उसने पास पड़ी हुई गठरी को छुआ तो वहीं इन्दू का मुंह था···मदन ने सोचा था, वह आसानी से मुझे अपना आपा न देखने देगी, लेकिन इन्दू ने ऐसा कुछ न किया जैसे पिछले कई सालों से वह भी इसी लम्हे की मुन्तज़िर हो और किसी ख्याली भैंस के सूंघते रहने से उसे भी नींद न आ रही हो। गायब नींद, और बन्द आंखों का कष्ट, अंधेरे के बावजूद सामने फड़फड़ाता हुआ नज़र आ रहा था। ठोड़ी तक पहुंचते हुए आम तौर पर चेहरा लम्बूतरा हो जाता है। लेकिन यहां तो सभी गोल था। शायद इसीलिए, चांदनी की तरफ, गाल और होंठों के बीच एक सायेदार खोह-सी बनी हुई थी जैसी दो सरसब्ज़ और शादाब टीलों के बीच होती है। माथा कुछ तंग था लेकिन उसपर से एकाएकी उठनेवाले घूंघरवाले बाल!

जभी इन्दू ने अपना चेहरा छुड़ा लिया, जैसे वह अपने उसको देखने की इजाज़त तो देती हो लेकिन इतनी देर के लिए नहीं। आखिर शर्म की भी तो कोई हद होती हैं। या शायद उसने कोई ज़बरदस्ती चाही थी जो उसी दम पा ली। मदन ने ज़रा सख्त हाथों से, यों ही सी हूं-हां करते हुए दुल्हन का चेहरा फिर से उठा लिया और शराबी-सी आवाज़ में कहा :

"इन्दू!"

इन्दू कुछ डर-सी गई। ज़िन्दगी में पहली बार किसी अजनबी

ने उसका नाम इस अन्दाज़ से पुकारा था। और वह अजनबी किसी खुदाई हक से, रात के अंधेरे में, आहिस्ता-आहिस्ता, उस अकेली, बेयार व मददगार औरत का अपना होता जा रहा था। इन्दू ने पहली बार एक नज़र ऊपर देखते हुए फिर आंखें बन्द कर लीं और केवल इतना-सा कहा, "जी!"···उसे खुद अपनी आवाज़ किसी पाताल से आती हुई सुनाई दी।

देर तक कुछ ऐसा ही होता रहा और फिर हौले-हौले बात चल निकली। अब जो चली सो चली। वह थमने में ही न आती थी। इन्दू के पिता, इन्दू की मां, इन्दू के भाई, मदन के भाई-बहन, बाप, उनकी रेलवे मेल सर्विस की नौकरी, उनके मिज़ाज, कपड़ों की पसन्द, खाने की आदत सभी कुछ का जायज़ा ले लिया गया। बीच-बीच में मदन बातचीत तोड़कर कुछ और ही कहना चाहता था, लेकिन इन्दू टाल जाती थी। इन्तहाई मजबूरी और लाचारी में मदन ने अपनी मां का ज़िक्र छेड़ दिया जो उसे सात साल की आयु में छोड़कर, दिक के रोग में चलती बनी थी। "जितनी देर ज़िन्दा रही बेचारी," मदन ने कहा, "बापू के हाथ में दवाई की शीशियां रहीं। हम अस्पताल की सीढ़ियों पर और छोटा पाशी घर में चींटियों के बिल पर सोते रहे। और आखिर एक दिन—28 मार्च की शाम···" और मदन चुप हो गया। चन्द ही लम्हों में वह रोने से उधर और घिग्घी से इधर पहुंच गया। इन्दू ने मदन का सर अपनी छाती पे रख लिया। इस रोने ने पल-भर में इन्दू को भी अपनेपन से उधर बेगानेपन से इधर पहुंचा दिया···मदन इन्दू के बारे में कुछ और भी जानना चाहता था, लेकिन इन्दू ने उसके हाथ पकड़ लिए और कहा, "मैं तो पढ़ी-लिखी नहीं हूं जी—पर मैंने भी मां-बाप देखे हैं, भाई और भाभियां देखी हैं, बीसियों और लोग देखे हैं, इसलिए मैं कुछ समझती-बूझती हूं···मैं अब तुम्हारी हूं···अपने आपके बदले तुमसे एक ही चीज़ मांगती हूं···"

रोने और उसके बाद में भी एक नशा था। मदन ने कुछ बेसब्री और कुछ दरयादिली के मिले-जुले शब्दों में कुछ कहा, "क्या मांगती हो···तुम जो भी कहोगी मैं दूंगा।"

"पक्की बात?" इन्दू बोली।

मदन ने कुछ उतावले होकर कहा, "हां, हां—कहा जो, पक्की बात।"

लेकिन इस बीच मदन के मन में एक कसवसा-सा आया—मेरा कारोबार पहले ही मंदा है, अगर इन्दू कोई ऐसी चीज़ मांग ले जो मेरी पहुंच ही से बाहर हो, तो फिर क्या होगा? लेकिन इन्दू ने मदन के सख्त और फैले हुए हाथों को अपने मुलायम हाथों में समेटते और उनपर अपने गाल रखते हुए कहा :

"तुम अपने दुःख मुझे दे दो।"

मदन सख्त हैरान हुआ। साथ ही उसे अपने-आपपर से एक बोझ भी उतरता हुआ महसूस हुआ। उसने फिर एक बार चांदनी में इन्दू का चेहरा देखने की कोशिश की, लेकिन वह कुछ न जान पाया। उसने सोचा—यह मां या किसी सहेली का रटाया हुआ वाक्य होगा जो इन्दू ने कह दिया। जभी एक जलता हुआ आंसू मदन के हाथ की पुस्त पर गिरा। उसने इन्द्र को अपने साथ लिपटाते हुए कहा, "दिए"···लेकिन इन सब बातों ने मदन से उसकी सख्ती छीन ली थी।

मेहमान एक-एक करके सब गए। चकली भाभी दो बच्चों को उंगलियों से लगाए, सीढ़ियों की ऊंच-नीच से तीसरा पेट संभालती हुई चल दी। दरयाबाद वाली फूफी, जो अपने 'नौलखे' हार के गुम हो जाने पर शोर मचाती, वाबेला करती हुई बेहोश हो गई थी और जो गुसलखाने में पड़ा मिल गया था, दहेज में से अपने हिस्से के तीन कपड़े लेकर चली गई। फिर चाचा गए जिनको उनके जे० पी० हो जाने की खबर तार के द्वारा मिली थी और जो शायद, बदहवासी में मदन की बजाय दुल्हन का मुंह चूमने चले थे।

घर में बूढ़ा बाप रह गया था और छोटे भाई-बहन। छोटी दुलारी तो हर वक्त भाभी की बगल में घुसी रहती थी। गली-मुहल्ले की कोई औरत दुल्हन को देखे या न देखे। देखे तो कितनी देर तक देखे, यह सब उसके अधिकार में था। कुछ दिनों के लिए वह खुद अपनी ही मां बन गई थी···आखिर यह सब खत्म हुआ और इन्दू धीरे-धीरे

पुरानी होने लगी, लेकिन कालकाजी की इस नई आबादी के लोग अब भी आते-जाते मदन-निवास के सामने रुक जाते और किसी भी बहाने से अन्दर चले आते। इन्दू उन्हें देखते ही एकदम घूंघट खींच लेती, लेकिन इस छोटे-से वक्फे में उन्हें जो कुछ दिखाई दे जाता, वह बिना घूंघट के दिखाई ही न दे सकता था।

मदन का कारोबार गंदे बिरोज़े का था। कहीं बड़ी सप्लाई वाले दो-तीन जंगलों में चीड़ और देवदार के पेड़ों को जंगल की आग ने आ लिया था और वे धड़-धड़ जलते हुए, खाक स्याह होकर रह गए थे। मैसूर और आसाम की तरफ से मंगवाया हुआ बिरोज़ा महंगा पड़ता था और लोग महंगे दामों उसे खरीदने को तैयार न थे। एक तो आमदनी कम हो गई थी इसपर मदन जल्दी ही दुकान और इसके साथ का मिला हुआ दफ्तर बन्द करके घर चला आता। घर पहुंच-कर, उसकी सारी कोशिश यही होती कि सब खाए-पिएं और अपने-अपने बिस्तरों में दुबक जाएं। जभी वह खाने के वक्त खुद थालियां उठा-उठाकर बाप और बहन-भाइयों के सामने रखता और उनके खा चुकने के बाद जूठे बरतनों को समेटकर नल के नीचे रख देता। सब समझते बहू—भाभी ने मदन के कान में कुछ फूंका है और अब वह घर के काम-काज में दिलचस्पी लेने लगा है। मदन सबसे बड़ा था, कुन्दन उससे छोटा और पाशी सबसे छोटा। जब कुन्दन भाभी के स्वागत में सबके एकसाथ बैठकर खाने पे हठ करता तो बाप धनीराम वहीं डांट देता, "खाओ तुम," वह कहता, "वे भी खा लेंगे," और फिर रसोई में इधर-उधर देखने लगता और जब बहू खाने-पीने से निबट जाती और बर्तनों की तरफ ध्यान देती तो बाबू धनीराम उसे रोकते हुए कहते, "रहने दो बहू, बर्तन सुबह हो जाएंगे।"

इन्दू कहती, "नहीं बाबूजी, मैं अभी किए लेती हूं झपाके से।"

तब बाबू धनीराम एक लरज़ती हुई आवाज़ में कहते, "मदन की मां होती बहू, तो ये सब तुम्हें करने देती!"···और इन्दू एकदम अपने हाथ रोक लेती।

छोटा पाशी भाभी से शर्माता था। इस ख्याल से कि दुल्हन की गोद झट से हरी हो, चकली भाभी और दरयाबाद वाली फूफी ने,

एक रसम में, पाशी ही को इन्दू की गोद में डाला था। तब से इन्दू न सिर्फ उसे देवर बल्कि अपना बच्चा समझने लगी थी। जब भी वह प्यार से पाशी को बाज़ुओं में लेने की कोशिश करती, तो वह घबरा उठता और अपना आपा छुड़ाकर दो हाथ की दूरी पे जा खड़ा होता, देखता और हंसता रहता। पास आता न दूर हटता। एक अजीब इत्तफाक से, ऐसे में बाबूजी हमेशा वहीं मौजूद होते और पाशी को डांटते हुए कहते, "अरे जा ना, भाभी प्यार करती है—अभी से मर्द हो गया है तू?"···और दुलारी तो पीछा ही न छोड़ती। उसकी 'मैं तो भाभी के साथ ही सोऊंगी' की रट ने बाबूजी के अन्दर कोई जनार्दन जगा दिया। एक रात इसी बात पे दुलारी को ज़ोर से चपत पड़े और वह घर की आधी कच्ची, आधी पक्की नाली में जा गिरी। इन्दू ने लपकते हुए उसे पकड़ा तो सर पर से दुपट्टा उड़ गया। बालों के फूल और चिड़ियां, मांग का सिन्दूर, कानों के करनफूल सब नंगे हो गए। "बाबूजी," इन्दू ने सांस खींचते हुए कहा···एकसाथ दुलारी को पकड़ने और सर पर दुपट्टा लेने में इन्दू के पसीने छूट गए। इस बे-मां की बच्ची को छाती के साथ लगाते हुए इन्दू ने उसे एक ऐसे बिस्तर में सुला दिया जहां सिरहाने ही सिरहाने, तकिये ही तकिये थे। कहीं पायंती थी न काठ के बाज़ू। चोट तो एक तरफ, कहीं कोई चुभनेवाली चीज़ भी न थी। फिर इन्दू की उंगलियां दुलारी के फोड़े ऐसे सर में चलती हुई उसे दुखा भी रही थीं और मज़ा भी दे रही थीं। दुलारी के गालों पे बड़े-बड़े और प्यारे-प्यारे गड्ढे पड़ते थे। इन्दू ने उन गड्ढों का चुम्बन लेते हुए कहा, "हाय री मुन्नी—तेरी तो सास मरी है, कैसे गड्ढे बन रहे हैं गालों पे!"

मुन्नी ने मुन्नी की तरह कहा, "गड्ढे तुम्हारे भी तो पड़ते हैं भाभी।"

"हां मुन्नो," इन्दू ने कहा और एक ठंडा सांस लिया।

मदन को किसी बात पे गुस्सा था। वह पास ही खड़ा सब सुन रहा था। बोला, "मैं तो कहता हूँ एक तरह से अच्छा ही है।"

"क्यों, अच्छा क्यों है?" इन्दू ने पूछा।

"हां—न उगे बांस, न बजे बांसुरी···सास न हो तो कोई झगड़ा

ही नहीं रहा।"

इन्दू ने एकाएकी खफा होते हुए कहा, "तुम जाओ जी, सो रहो जाके˙˙˙बड़े आए हो। आदमी जीता है तो लड़ता है ना? मरघट की चुपचाप से झगड़े भले˙˙˙जाओ ना, रसोई में तुम्हारा क्या काम?"

मदन खिसियाना होकर रह गया। बाबू धनीराम की डांट से बाकी के बच्चे तो पहले ही अपने-अपने बिस्तरों पे यूं जा पड़े थे जैसे दफ्तर में चिट्ठियां सार्ट होती हैं। लेकिन मदन वहीं खड़ा रहा। जरूरत ने उसे ढीठ और बेशर्म बना दिया था। लेकिन उस वक्त जब इन्दू ने भी उसे डांट दिया तो वह रोनक्खा-सा होकर अन्दर चला गया।

देर तक मदन बिस्तर में पड़ा झटपटाता रहा, लेकिन बाबूजी के ख्याल से इन्दू को आवाज़ देने की हिम्मत न पड़ती थी। उसकी बेसब्री की हद हो गई जब मुन्नी को सुलाने के लिए इन्दू की लोरी सुनाई दी : "तू आ निंदिया रानी, बौराई, मस्तानी!"

वही लोरी जो दुलारी मुन्नी को सुला रही थी, मदन की नींद भगा रही थी। अपने-आपसे आतुर होकर उसने ज़ोर से चादर सर पे खींच ली। सफेद चादर के सर पे लेने और सांस के बन्द करने से खामखाह एक मुरदे का ख्याल पैदा हो गया। मदन को यूं लगा जैसे वह मर चुका है और उसकी दुल्हन, इन्दू, उसके पास बैठी ज़ोर-ज़ोर से सर पीट रही है। दीवार के साथ कलाइयां मार-मारके चूड़ियां तोड़ रही है और गिरती-पड़ती, रोती-चिल्लाती रसोई में जाती है और चूल्हे की राख सर पे डाल लेती है और फिर बाहर लपक जाती है और बांहें उलार-उलारकर गली-मुहल्ले के लोगों से फरयाद करती है, 'लोगो! मैं लुट गई'˙˙˙अब उसे दुपट्टे की परवाह नहीं, कमीज़ की परवाह नहीं। मांग का सिन्दूर, बालों के फूल और चिड़ियां, जज़्बात और ख्यालात के तोते तक उड़ चुके हैं।

मदन की आंखों से बेतहाशा आंसू बह रहे थे जबकि रसोई में इन्दू हंस रही थी—पल-भर में अपने सुहाग के उजड़ने और फिर बस जाने से बेखबर। मदन जब वास्तविक दुनिया में आया तो आंसू

पोंछते हुए अपने इस रोने पे हंसने लगा···उधर इन्दू हंस तो रही थी, लेकिन उसकी हंसी दबी-दबी थी। बाबूजी के ख्याल से वह कभी ऊंची आवाज़ में न हंसती थी, जैसे खिलखिलाहट कोई नंगापन है, खामोशी दुपट्टा और दबी-दबी हंसी एक घूंघट। फिर मदन ने इन्दू का एक ख्याली बुत बनाया और उससे बीसियों बातें कर डालीं। यूं उससे प्यार किया जैसे अभी तक न किया था···वह फिर अपनी दुनिया में लौटा जिसमें साथ का बिस्तर खाली था। उसने हौले से आवाज़ दी—"इन्दू"···और फिर चुप हो गया। इस उधेड़-बुन में वह बौराई-मस्तानी निंदिया उससे भी लिपट गई। एक ऊंघ-सी आई लेकिन साथ ही यों लगा जैसे शादी की रात वाली, पड़ोसी सिब्ते की भैंस मुंह के पास फुंकारने लगी है। वह एक बेकली के आलम में उठा। फिर रसोई की तरफ देखते, सर को खाज करते हुए, दो-तीन जम्हाइयां लेकर लेट गया—सो गया।

मदन जैसे कानों को कोई सन्देश देकर सोया था। जब इन्दू की चूड़ियां बिस्तर की सिलवटें सीधी करने के लिए खनक गईं तो वह हड़बड़ाकर उठ बैठा। यों एकदम जागने में मुहब्बत का जज़्बा और भी तेज़ हो गया था। प्यार की करवटों को तोड़े बिना आदमी सो जाए और एकाएकी उठे तो मुहब्बत दम-तोड़ हो जाती है। मदन का सारा बदन अन्दर की आग से फुंक रहा था और यही उसके गुस्से का कारण बन गया जब उसने कुछ बौखलाए हुए अन्दाज़ में कहा :

"सो तुम—आ गईं··· ?"

"हां।"

"मुन्नी—सो···मर गई ?"

इन्दू झुकी-झुकी एकदम सीधी खड़ी हो गई। "हाय राम !" उसने नाक पे उंगली रखते, हाथ मलते हुए कहा, "क्या कह रहे हो···मरे क्यों बेचारी, मां-बाप की एक ही बेटी है।"

"हां···मदन ने कहा, "भाभी की एक ही ननद।" और फिर एकदम डांटते हुए बोला, "ज़्यादा मुंह मत लगाओ उस चुड़ैल को।"

"क्यों, इसमें क्या पाप है ?"

"यही पाप है," मदन ने और चिढ़ते हुए कहा, "वह पीछा ही

नहीं छोड़ती तुम्हारा। जब देखो जोंक की तरह चिमटी हुई है। दफा ही नहीं होती।"

"हा—" इन्दू ने मदन की चारपाई पर बैठते हुए कहा, "बहनों और बेटियों को यूं तो दुतकारना नहीं चाहिए। बेचारी दो दिन की मेहमान। आज नहीं तो कल, कल नहीं तो परसों—एक दिन चल देती हैं···।"

इसके बाद इन्दू कुछ कहना चाहती थी लेकिन वह चुप हो गई। उसकी आंखों के सामने अपने मां-बाप, भाई-बहन, चचा-ताऊ सभी घूम गए। कभी वह भी उनकी दुलारी थी, वह जो पलक झपकने में न्यारी हो गई और फिर दिन-रात उसे निकाले जाने की बातें होने लगीं, जैसे घर में कोई बड़ी-सी बांबी है जिसमें एक नागिन रहती है, और जब तक वह पकड़कर फेंकवाई नहीं जाती, घर के लोग आराम की नींद सो नहीं सकते। दूर-दूर से खेलनेवाले, नथन करने-वाले, दांत फोड़नेवाले मांदरी बुलवाए गए। बड़े-बड़े धनवन्तरि और मोती सागर। आखिर एक दिन उत्तर-पश्चिम की तरफ से लाल आंधी आई जो साफ हुई तो एक लारी खड़ी थी जिसमें गोटे-किनारी में लिपटी हुई एक दुल्हन बैठी थी। पीछे घर में एक सुर पे बजती हुई शहनाई बीन की आवाज़ मालूम हो रही थी। फिर एक धचके के साथ लारी चल दी···।

मदन ने कुछ गुस्से के भाव से कहा, "तुम औरतें बड़ी चालाक होती हो। अभी कल ही इस घर में आई हो और यहां के सब लोग तुम्हें हमसे भी ज़्यादा प्यारे लगने लगे?"

"हां," इन्दू ने उत्तर दिया।

"यह सब झूठ है···यह हो ही नहीं सकता।"

"तुम्हारा मतलब है मैं ···?"

"दिखावा करती हो···हां।"

"अच्छा जी," इन्दू ने आंखों में आंसू लाते हुए कहा, "मैं दिखावा करती हूं?···"

और इन्दू उठकर अपने बिस्तर पे चली गई और सिरहाने में मुंह छुपाकर सिसकियां लेने लगी। मदन उसे मनाने ही वाला था

कि इन्दू खुद ही उठकर मदन के पास आ गई और सख्ती से उसका हाथ पकड़ते हुए बोली, "तुम जो हर वक्त जली-कटी कहते रहते हो–हुआ क्या है तुम्हें?"···शौहरी रोब-दाब के लिए मदन के हाथ में बहाना आ गया। "जाओ, जाओ—सो जाओ जाके," मदन ने कहा, "मुझे तुमसे कुछ नहीं लेना···"

"तुम्हें नहीं लेना, मुझे तो लेना है," इन्दू बोली, "ज़िन्दगी-भर लेना है," और वह छीना-झपटी करने लगी। मदन उसे दुतकारता था और वह उससे लिपट-लिपट जाती थी। वह उस मछली की तरह थी जो बहाव में बह जाने की बजाय आबशार के तेज़ धारे को काटती हुई ऊपर ही ऊपर पहुंचना चाहती है। चुटकियां लेती, हाथ पकड़ती, रोती-हंसती वह कह रही थी, "फिर मुझे फाफा कुटनी कहोगे?"

"वह तो सभी औरतें होती हैं।"

"ठहरो—तुम्हारी तो···" यूं मालूम हुआ जैसे इन्दू कोई गाली देने जा रही है···और उसने मुंह में कुछ मिनमिनाया भी। मदन ने मुड़ते हुए पूछा, "क्या कहा?" और इन्दू ने अब के सुनाई देनेवाली आवाज़ में दुहरा दिया। मदन खिलखिलाकर हंस पड़ा। अगले ही लमहे इन्दू मदन के बाज़ुओं में थी और कह रही थी, "तुम मर्द लोग क्या जानो! जिससे प्यार होता है, उसके सभी अच्छे लगते हैं—क्या बाप, क्या भाई और क्या बहन···" और फिर एकाएकी कुछ दूर देखते हुए बोली, "मैं तो दुलारी मुन्नी का ब्याह करूंगी।"

"हद हो गई!" मदन ने कहा, "अभी एक हाथ की हुई नहीं और उसके ब्याह की भी सोचने लगीं!"

"तुम्हें एक हाथ की दीखती है ना!" इन्दू बोली और फिर अपने दोनों हाथ मदन की आंखों पर रखती हुई कहने लगी, "ज़रा आंखें बन्द करो और फिर खोलो···मदन ने सचमुच ही आंखें बन्द कर लीं और जब कुछ देर तक न खोली तो इन्दू बोली, "अब खोलो भी···इतनी देर में तो मैं बूढ़ी भी हो जाऊंगी।" जभी मदन ने आंखें खोल दीं। क्षण-भर के लिए उसे यों लगा जैसे सामने इन्दू नहीं, मुन्नी बैठी है और वह खो सा गया।

"मैंने तो अभी से चार सूट और कुछ बर्तन अलग कर डाले हैं उसके लिए।" इन्दू ने कहा और जब मदन ने कोई जवाब न दिया तो उसे झंझोड़ते हुए बोली, "तुम क्यों मुंह लम्बा करते हो···याद नहीं अपना वचन?—तुम अपने दुख, मुझे दे चुके हो।"

"ऐं?" मदन ने चौंकते हुए कहा और जैसे बेफिक्र-सा हो गया। लेकिन अब के जब उसने इन्दू को अपने साथ लिपटाया तो वहां एक जिस्म ही न रह गया था, साथ एक रूह भी शामिल हो गई थी···

मदन के लिए इन्दू रूह ही रूह थी। इन्दू का शरीर भी था, लेकिन वह हमेशा किसी न किसी वजह से मदन की नज़रों से ओझल ही रहा। एक परदा था, ख्वाब के तारों से बुना हुआ, आहों के धुएं से रंगीन, कहकहों की ज़रतारी से चकाचौंध, जो हर वक्त इन्दू को ढांपे रहता था। मदन की निगाहों और उसके हाथों के दुःशासन सदियों से उस द्रौपदी का चीर हरन करते आए थे जोकि उर्फ आम में बीवी कहलाती है। लेकिन हमेशा उसे आसमानों से थानों के थान, गज़ों के गज़ कपड़ा नंगापन ढांपने के लिए मिलता आया था। दुःशासन थक-हारके यहां-वहां गिरे पड़े थे, लेकिन द्रौपदी वहीं खड़ी थी। इज़्ज़त और पवित्रता की सफेद सारी पहने वह देवी लग रही थी और···

मदन के लोटते हुए हाथ शर्म के पसीने से तर होते जिसे सुखाने के लिए वह उन्हें ऊपर हवा में उठा देता और फिर हाथ के पंजों को पूरे तौर पर फैलाता हुआ, कंपकंपाहट की हालत में अपनी आंखों की फैलती, फटती हुई पुतलियों के सामने रख देता और फिर उंगलियों के बीच में से झांकता।

···इन्दू का मरमरीं जिस्स, खुशरंग और गुदाज़, सामने पड़ा होता, इस्तेमाल के लिए पास, नीचता के लिए दूर···कभी जब इन्दू की नाकाबन्दी हो जाती तो इस किस्म के फिकरे होते :

"हाए जी, घर में छोटे हैं, बड़े हैं—वे क्या समझेंगे?"

मदन कहता, "छोटे समझते नहीं, बड़े समझ जाते हैं···"

इसी बीच बाबू धनीराम की तब्दीली सहारनपुर हो गई। वहां वे रेलवे मेल सर्विस में सेलेक्शन ग्रेड के हेड क्लर्क हो गए।

इतना बड़ा क्वार्टर मिला कि उसमें आठ कुनबे रह सकते थे, लेकिन बाबू धनीराम उसमें अकेले ही टांगे फैलाए पड़े रहते थे। ज़िन्दगी-भर वे कभी बाल-बच्चों से अलग नहीं हुए थे। सख्त घरेलू किस्म के आदमी, आखिरी ज़िन्दगी में इस तनहाई ने उनके दिल में वहशत पैदा कर दी, लेकिन मजबूरी थी। बच्चे सब दिल्ली में, मदन और इन्दू के पास थे और वहीं स्कूलों में पढ़ते थे। साल के समाप्त होने से पहले उन्हें बीच में से उठाना उनकी पढ़ाई के लिए अच्छा न था। बाबूजी को दिल के दौरे पड़ने लगे।

अतः गरमी की छुट्टियां हुईं और उनके बार-बार लिखने पे मदन ने इन्दू को कुन्दन, पाशी और दुलारी के साथ सहारनपुर भेज दिया। धनीराम की दुनिया चहक उठी। कहां उन्हें दफ्तर के काम से अलग फुरसत ही फुरसत थी और कहां अब काम ही काम था। बच्चे, बच्चों ही की तरह जहां कपड़े उतारते, वहीं पड़े रहने देते और बाबूजी उन्हें समेटते फिरते। अपने मदन से दूर, अलसाई रति—इन्दू तो अपने पहनावे तक से गाफिल हो गई थी। वह घर, रसोई में यों फिरती थी जैसे कांजीहाउस में गाय बाहर की तरफ मुंह उठा-उठाकर अपने मालिक को ढूंढ़ा करती है। कुछ इधर-उधर करने के बाद वह भी अन्दर ट्रंकों पे लेट जाती, कभी बाहर कनीर के बूटे के पास और कभी आम के पेड़ तले जो आंगन में खड़ा सैकड़ों, हज़ारों दिलों को थामे खड़ा था···

सावन भादों में ढलने लगा। आंगन में से बाहर दृश्य खुलता तो कुंवारियां, नई ब्याही हुई लड़कियां पैंग बढ़ाते हुए गातीं—झूला किन्ने डारो रे अमरइयां···और फिर गीत के बोल के अनुसार दो झूलतीं और दो झुलातीं और फिर चार मिल जातीं तो भूल-भुलैयां हो जातीं। अधेड़ उम्र की और बूढ़ी औरतें एक तरफ खड़ी ताका करतीं। इन्दू को मालूम होता जैसे वह भी उनमें शामिल हो गई है, जभी वह मुंह फेर लेती और ठंडी सांसे भरते हुए सो जाती। बाबू-जी पास से गुज़रते तो उसे जगाने-उठाने की ज़रा भी कोशिश न करते बल्कि मौका पाकर उस शलवार को जो बहू धोती से बदल आती और जिसे वह हमेशा अपनी सास वाले, पुराने सन्दल के संदूक

पे फेंक देती, उठाकर खूंटी पे टांक देते। ऐसे में उन्हें सबसे नज़रें बचानी पड़तीं। लेकिन अभी शलवार को समेटकर मुड़ते ही तो नीचे, कोने में निगाह बहू की अंगिया पे जा पड़ती। तब उनकी हिम्मत जवाब दे जाती और वे यों जल्दी कमरे से बाहर निकल भागते जैसे कोई सांप का बच्चा देख पाया है। फिर बरामदे में, उनकी आवाज़ सुनाई देने लगती—ओम नमो भगवते वासदेवा···

अड़ोस-पड़ोस की औरतों ने बाबूजी की बहू के इतनी सुन्दर होने की खबर दूर-दूर तक पहुंचा दी थी। कोई जब बाबूजी के सामने बहू की तन्दुरुस्ती की तारीफ करती, तो वे खुशी से फूल जाते और कहते—हम तो धन्य हो गए, उमीचन्द की मां! ···शुक्र है, हमारे घर में भी कोई सेहत वाला जीव आया। और यह कहते हुए उनकी निगाहें कहीं दूर पहुंच जातीं जहां दिक के रोग थे, दवाई की शीशियां, अस्पताल की सीढियां या चीटियों के बिल···निगाह करीब आती तो उन्हें मोटे-मोटे गदराए हुए जिस्म वाले कई बच्चे बगल में, जांघ पर, गरदन पर चढ़ते-उतरते हुए महसूस होते और ऐसा मालूम होता जैसे अभी और आ रहे हैं। पहलू पे लेटी हुई बहू की कमर ज़मीन के साथ और कूल्हे छत के साथ लग रहे हैं और वह धड़ाधड़ बच्चे जनती जा रही है। और उन बच्चों की उम्र में कोई फर्क नहीं। कोई बड़ा है न छोटा। सभी एक-से—जुड़वां—तवाम—ओम् नमो भगवते···

आसपास के लोग सब जान गए थे, इन्दू बाबूजी की चहेती बहू है। चुनांचे दूध और छाछ के मटके धनीराम के घर आने लगे और फिर एकदम सलामदीन गूजर ने फरमाइश कर ही दी। इन्दू से कहा, "बीबीजी! मेरा बेटा आर० एम० एस० में कुली रखवा दो, अल्लाह तुमको इसका फल देगा।" इन्दू के इशारे की देर थी कि सलामदीन का बेटा नौकर हो गया। ऐसे ही एक सार्टर तक भरती करवा दिया गया। जो न हो सका उसकी किस्मत—आसामियां ही ज्यादा न थीं।

बहू के खाने-पीने, उसकी सेहत का बाबूजी खास ख्याल रखते। दूध पीने से इन्दू को चिढ़ थी। वे रात के वक्त, खुद दूध

को बाटी में फेंट, गिलास में, बहू को पिलाने के लिए उसकी खटिया के पास आ जाते। इन्दू अपने-आपको समेटती हुई उठती और कहती :

"नहीं बा'जी—मुझसे नहीं पिया जाता।"

"तेरा तो ससुर भी पीएगा।" वे मज़ाक से कहते।

"तो फिर—आप पी लीजिए न।" इन्दू हंसती हुई जवाब देती और बाबूजी एक बनावटी गुस्से से बरस पड़ते, "तू चाहती है, बाद में तेरी भी वही हालत हो जो तेरी सास की हुई ?"

"हूं, हूं," इन्दू लाड़ से रूठने लगती। आखिर क्यों न रूठती! वे लोग नहीं रूठते जिन्हें मनानेवाला कोई न हो, लेकिन यहां तो मनानेवाले सब थे, रूठनेवाला सिर्फ एक। जब इन्दू बाबूजी के हाथ से गिलास न लेती, तो वे उसे, खटिया के पास, सिरहाने के नीचे रख देते।

"ले, यह पड़ा है···तेरी मर्ज़ी है पी, नहीं मर्ज़ी न पी।" बाबूजी कहते हुए चल देते।

अपने बिस्तर पर पहुंचकर धनीराम दुलारी मुन्नी के साथ खेलने लगते। दुलारी की, बाबूजी के नंगे पिंड़े के साथ पिंडा घिसाने और फिर पेट पर मुंह रखकर फुटकड़ा फुलाने की आदत थी। आज जब वे यह खेल खेल रहे थे, हंस-हंसा रहे थे, तो मुन्नी ने भाभी की तरफ देखते हुए कहा, "दूध तो खराब हो जाएगा, बो'जी··· भाभी तो पीती ही नहीं।"

"पीएगी, ज़रूर पीएगी, बेटा!" बाबूजी ने दूसरे हाथ से पाशी को लिपटाते हुए कहा, "औरतें घर की किसी चीज़ को खराब होते नहीं देख सकतीं।"

अभी ये शब्द बाबूजी के मुंह ही में होते कि एक तरफ से 'हुश··हे खसमखानी—' की आवाज़ आने लगती। पता चलता, बहू बिल्ली को भगा रही है। और फिर गट-गट-सी सुनाई देती, और सब जान लेते बहू—भाभी ने दूध पी लिया। थोड़ी देर के बाद कुन्दन बाबू जी के पास आता और रपट देता, "बा'जी—भाभी रो रही है।"

"हाएं!" बाबूजी कहते और फिर उठकर अंधेरे में दूर उस तरफ देखने लगते जिधर बहू की चारपाई पड़ी होती। कुछ देर यों ही बैठे रहने के बाद वे फिर लेट जाते और कुछ समझते हुए, कुन्दन से कहते, "जा···तू सो जा, वह भी सो जाएगी अपने-आप···।"

और फिर से लेटते हुए बाबू धनीराम आसमान पे खिले हुए परमात्मा के गुलज़ार को देखने लगते और अपने मन के भगवान से पूछते—'चांदी के इन खुलते, बंद होते हुए फूलों में मेरा फूल कहां है?' और फिर पूरा आसमान उन्हें दर्द का एक दरिया दिखाई देने लगता और कानों में एक लगातार 'हाय-हाय' की आवाज़ सुनाई देने लगती जिसे सुनते हुए वे कहते—'जब से दुनिया बनी है, इन्सान कितना रोया है!'···और वे रोते-रोते सो जाते।

इन्दू के जाने के बीस-पच्चीस रोज़ ही में मदन ने शोर मचाना शुरू कर दिया। उसने लिखा—'मैं बाज़ार की रोटियां खाते-खाते तंग आ गया हूं। मुझे कब्ज़ हो गई है, गुर्दे का दर्द शुरू हो गया है।' फिर जैसे दफ्तर के लोग छुट्टी की अरज़ी के साथ डाक्टर का सर्टीफिकेट भेज देते हैं, मदन ने बाबूजी के एक दोस्त से तसदीक की चिट्ठी लिखवा भेजी। इसपे भी कुछ न हुआ तो एक डबल तार—जवाबी।

जवाबी तार के पैसे मारे गए लेकिन बला से। इन्दू और बच्चे लौट आए थे। मदन ने दो दिन इन्दू से सीधे मुंह बात भी न की। यह दुख भी इन्दू ही का था। एक दिन मदन को अकेले में पाकर वह पकड़ बैठी और बोली:

"इतना मुंह फुलाए बैठे हो···मैंने किया क्या है?"

मदन ने अपने-आपको छुड़ाते हुए कहा, "छोड़···दूर हो जा मेरी आंखों से···कमीनी!"

"यही कहने के लिए इतनी दूर से बुलवाया है?"

"हां।"

"हटाओ अब।"

"खबरदार···यह सब तुम्हारा ही किया-धरा था···तुम जो आना चाहतीं तो क्या बाबूजी रोकते?"

इन्दू ने बेबसी से कहा, "हाय जी! तुम तो बच्चों की सी बातें करते हो···मैं भला उन्हें कैसे कह सकती थी? ···सच पूछो तो मुझे बुलवाकर तुमने बाबूजी पे बड़ा ज़ुल्म किया है।"

"क्या मतलब?"

"मतलब कुछ नहीं···उनका जी बहुत लगा हुआ था बाल-बच्चों में।"

"और मेरा जी?"

"तुम्हारा जी?—तुम तो कहीं भी लगा सकते हो।" इन्दू ने शरारत से कहा और फिर कुछ इस तरह से मदन की तरफ देखा कि उसकी सारी नाराज़गी रफूचक्कर हो गई। यूं भी उसे किसी अच्छे-से बहाने की तलाश थी। उसने इन्दू को पकड़कर अपने साथ लगा लिया और बोला, "बाबूजी तुमसे बहुत खुश थे?"

"हां," इन्दू बोली, "एक दिन तो मैं···कहीं जग गई तो देखा—सिरहाने खड़े मुझे देख रहे हैं।"

"यह नहीं हो सकता।"

"अपनी कसम।"

'अपनी नहीं—मेरी कसम खाओ।"

तुम्हारी कसम तो मैं नहीं खाती—कोई कुछ भी दे।"

"हां," मदन ने सोचते हुए कहा, "किताबों में इसे सेक्स कहते हैं।"

"सेक्स?" इन्दू ने पूछा, "वह क्या होता है?"

"वही···जो मर्द और औरत के बीच होता है।"

"हाय राम!" इन्दू ने एकदम पीछे हटते हुए कहा, "गंदे नहीं तो···शर्म नहीं आती बाबूजी के बारे में ऐसा सोचते हुए?"

"तो बाबूजी को न आई तुझे यूं देखते हुए?"

"क्यों?" इन्दू ने बाबूजी की तरफदारी करते हुए कहा, "वे अपनी बहू को देखकर खुश हो रहे होंगे।"

"क्यों नहीं···जब बहू तुम ऐसी हो!"

"तुम्हारा मन बड़ा गंदा है, इन्दू ने नफरत से कहा, "इसीलिए

तुम्हारा कारोबार भी गंदे बिरोज़े का है। तुम्हारी किताबें सब गंदगी से पटी पड़ी हैं। तुम्हें और तुम्हारी किताबों को इसके सिवा कुछ नहीं दिखाई देता? ऐसे तो जब मैं बड़ी हो गई थी तो मेरे पिताजी ने मुझसे अधिक प्यार करना शुरू कर दिया था, तो क्या वह भी··· वह था निगोड़ा जिसका तुम अभी नाम ले रहे थे···?"

और फिर इन्दू बोली, "तुम बाबूजी को यहां बुला लो। उनका वहां ज़रा भी मन नहीं लगता—वे दुःखी होंगे तो क्या तुम दुःखी नहीं होगे?"

मदन यूं अपने बाप से बहुत प्यार करता था। घर में, मां की मौत से, बड़ा होने के कारण सबसे ज़्यादा असर मदन ही पर पड़ा था। उसे अच्छी तरह से याद था—मां के बीमार रहने की वजह से जब भी उसकी मुमकिन मौत का ख्याल मदन के दिल में आता तो वह आंखें मूंदकर प्रार्थना शुरू कर देता—ओम् नमो भगवते वासुदेवा, ओम् नमो···। अब वह नहीं चाहता था कि बाप की छत्र-च्छाया भी सर से उठ जाए। खास तौर पर ऐसे में जबकि वह अपने कारोबार को भी जमा नहीं पाया था। उसने विश्वास न करते हुए इन्दू से केवल इतना-सा कहा, "अभी रहने दो, बाबूजी को···शादी के बाद, पहली बार हम दोनों आज़ादी के साथ मिल सके हैं।"

तीसरे-चौथे दिन बाबू जी का आंसुओं में डूबा हुआ खत आया। 'मेरे प्यारे मदन' के सम्बोधन में, मेरे प्यारे के शब्द नमकीन पानी में धुल गए थे। लिखा था—बहू के यहां होने पर मेरे तो वही पुराने दिन लौट आए थे, तुम्हारी मां के दिन। जब हमारी नई-नई शादी हुई थी तो वह भी ऐसी ही अल्हड़ थी, ऐसे ही उतारे हुए कपड़े इधर-उधर फेंक देती और पिताजी समेटते फिरते। वही सन्दल का संदूक—वही बीसियों खलजगन। मैं बाज़ार जा रहा हूं, आ रहा हूं। कुछ नहीं तो दहीबड़े या रबड़ी ला रहा हूं। अब घर में कोई नहीं। वह जगह, जहां संदल का संदूक पड़ा था, खाली है···और फिर एकाध सतर और धुल गई थी। आखिर में लिखा था—दफ्तर से लौटते समय यहां के बड़े-बड़े, काले-काले, अन्धे कमरों में दाखिल होते हुए मेरे मन में एक हौल-सा उठता है···और फिर—बहू का ख्याल रखना।

उसे किसी ऐसी-वैसी दाया के हवाले मत करना।

इन्दू ने दोनों हाथों से चिट्ठी पकड़ ली। सांस खींचती, आंखें फैलाती, शर्म से पानी-पानी होती हुई बोली, "मैं मर गई···बाबूजी को कैसे पता चल गया?" मदन ने चिट्ठी छुड़ाते हुए कहा, "बाबूजी क्या बच्चे हैं?···दुनिया देखी है, हमें पैदा किया है।"

"हां, मगर," इन्दू बोली, "अभी दिन ही कै हुए हैं?"

और फिर उसने एक तेज़-सी नज़र अपने पेट पे डाली, जिसने अभी बढ़ना भी शुरू नहीं किया था। और फिर जैसे बाबूजी या कोई और देख रहा हो, उसने साड़ी का पल्लू उसपे खींच लिया और कुछ सोचने लगी। तभी एक चमक-सी उसके चेहरे पे चली आई और वह बोली, "तुम्हारी ससुराल से शीरीनी आएगी।"

"मेरी ससुराल?—हां!" मदन ने रास्ता पाते हुए कहा, "कितनी शर्म की बात है! अभी छः-आठ महीने शादी को हुए नहीं और चला आया है।" और उसने इन्दू के पेट की तरफ इशारा किया।

"चला आया है या तुम लाए हो?"

"तुम···यह सब कसूर तुम्हारा है। कुछ औरतें होती ही ऐसी है।"

"तुम्हें पसंद नहीं?"

"एकदम नहीं।"

"क्यों?"

"चार दिन तो मज़े ले लेते ज़िन्दगी के···!"

"क्या यह ज़िन्दगी का मज़ा नहीं?" इन्दू ने गम-भरे लहजे में कहा, "मर्द-औरत शादी किसलिए करते हैं? ···भगवान ने बिन मांगे दे दिया न। पूछो उनसे, जिनके नहीं होता। फिर वे क्या कुछ करती हैं। पीरों, फकीरों के पास जाती हैं। समाधियों-मज़ारों पे चोटियां बांधतीं, शर्म-हया को तजकर, दरियाओं के किनारे नंगी होकर सरकंडे काटतीं, श्मशानों में मसान जगातीं···"

"अच्छा, अच्छा," मदन बोला, "तुमने बखान ही शुरू कर दिया। औलाद के लिए थोड़ी उम्र पड़ी थी?"

"होगा ना!" इन्दू ने डांटने के अन्दाज़ में उंगली उठाते हुए कहा, "तब तुम इसे हाथ भी मत लगाना। वह तुम्हारा नहीं, मेरा होगा। तुम्हें तो उसकी ज़रूरत नहीं, पर उसके दादा को बहुत है, यह मैं जानती हूं।"

और फिर कुछ शर्म से, कुछ गम से इन्दू ने अपना मुंह दोनों हाथों में छुपा लिया। वह सोचती थी, पेट में इस नन्ही-सी जान को पालने के सिलसिले में। इस जान का कुछ होता-सोता थोड़ी हमदर्दी तो करेगा ही। लेकिन मदन चुपचाप बैठा रहा। एक शब्द भी उसने मुंह से न निकाला। तब इन्दू ने चेहरे पर से हाथ उठाकर मदन की तरफ देखा और होनेवाली पहलोटन के खास अन्दाज़ में बोली, "वह तो जो मैं कह रही हूं, सब पीछे होगा, पहले तो मैं बचूंगी ही नहीं···मुझे बचपन ही से वहम है इस बात का!"

मदन भी जैसे डर-सा गया—यह खूबसूरत 'चीज़' तो गर्भवती होने के बाद और भी खूबसूरत हो गई है, मर जाएगी? उसने पीठ की तरफ से इन्दू को थाम लिया और फिर खींचकर अपने बाज़ुओं में ले आया और बोला, "तुझे कुछ न होगा इन्दू···मैं तो मौत के मुंह से भी छीनकर ले आऊंगा तुझे। अब सावित्री की नहीं, सत्यवान की बारी है।"

मदन से लिपटकर इन्दू भूल गई कि उसका अपना भी कोई दुःख है···

इसके बाद बाबूजी ने कुछ न लिखा। लेकिन सहारनपुर से एक मास्टर आया, जिसने सिर्फ इतना बताया कि बाबूजी को फिर से दौरे पड़ने लगे हैं। एक दौरे में तो वे करीब-करीब चल ही बसे थे। मदन डर गया, इन्दू रोने लगी। मास्टर के चले जाने के बाद हमेशा की तरह मदन ने आंखें मूंद लीं और मन ही मन में पढ़ने लगा: ओम् नमो भगवते···

दूसरे ही दिन मदन ने बाप को चिट्ठी लिखी—बाबूजी, चले आओ···बच्चे बहुत याद करते हैं और बहू भी। लेकिन आखिर नौकरी थी, अपने बस की बात थोड़े थी। मदन के खत के अनुसार

वे छुट्टी का बन्दोबस्त कर रहे थे···उनके बारे में दिन-प्रतिदिन मदन का अहसासे-जुर्म बढ़ने लगा : 'अगर मैं इन्दू को वहीं रहने देता, तो मेरा क्या बिगड़ जाता?···'

विजयदशमी के एक रात पहले मदन घबराहट में, बीच वाले कमरे के बाहर, बरामदे में टहल रहा था कि अन्दर से बच्चे के रोने की आवाज़ आई और वह चौंककर दरवाज़े की तरफ लपका। बेगम दाया बाहर आई और बोली, "मुबारक हो बाबूजी, लड़का हुआ है।"

"लड़का?" मदन ने कहा और फिर फिक्रमन्द लहजे में बोला, "बीवी कैसी है?"

बेगम बोली, "खैर महर है, मैंने अभी तक उसे लड़की ही बताई है···ज़च्चा ज़्यादा खुश हो जाए तो उसके आंवल नहीं पड़ती ना···"

"ओ," मदन ने बेवकूफों की तरह आंखें फाड़ते हुए कहा और फिर कमरे में जाने के लिए आगे बढ़ा। बेगम ने उसे वहीं रोक दिया और कहने लगी, "तुम्हारा अन्दर क्या काम?···तुम्हारा जो काम था, वह तुम कर चुके।" और फिर एकाएकी दरवाज़ा भेड़कर अन्दर लपक गई।

मदन की टांगें अभी तक कांप रही थीं। इस वक्त खौफ से नहीं—तसल्ली से। या शायद इसलिए कि जब कोई इस दुनिया में आता है तो आसपास के लोगों की यही हालत होती है। मदन ने सुन रखा था, जब लड़का पैदा होता है, तो घर के दरो-दीवार लरज़ने लगते हैं, गोया डर रहे हैं। बड़ा होकर हमें बेचेगा, या रखेगा? मदन ने महसूस किया जैसे सचमुच ही दीवारें कांप रही थीं··· ज़चगी के लिए चकली भाभी तो न आई थी, क्योंकि उसका अपना बच्चा बहुत छोटा था। हां, दरियाबाद वाली फूफी ज़रूर पहुंची थी, पैदाइश के वक्त जिसने राम राम,राम राम की रट लगा दी थी और अब वही रट मद्धिम हो रही थी।

ज़िन्दगी-भर मदन को अपना आपा इस कदर फज़ूल और बेकार

लगा था। जभी फिर दरवाज़ा खुला और फूफी निकली। बरामदे की बिजली की मद्धिम-सी रोशनी में उसका चेहरा, भूत के चेहरे की तरह एकदम दूधिया सफेद नज़र आ रहा था। मदन ने उसका रास्ता काटते हुए कहा, "इन्दू ठीक है न, फूफी?"

"ठीक है, ठीक है, ठीक है।" फूफी ने तीन-चार बार कहा और फिर अपना लरज़ता हुआ हाथ मदन के सिर पर रखकर उसे नीचा किया और बाहर लपक गई।

फूफी बरामदे के दरवाज़े में से बाहर जाती हुई नज़र आ रही थी। वह बैठक में पहुंची जहां बाकी बच्चे सो रहे थे। फूफी ने एक-एक के सर पर प्यार से हाथ फेरा, और फिर छत की तरफ आंखें उठाकर मुंह में कुछ बोली, और फिर निढाल-सी होकर मुन्नी के पास लेट गई औंधी। उसके फड़कते हुए शानों से पता चल रहा था जैसे रो रही है। मदन हैरान हुआ···फूफी तो कई ज़चगियों से गुज़र चुकी है। इसपे भी उसकी रूह तक कांप उठी है···

फिर इधर के कमरे से हरमल की बू बाहर लपकी। धुएं का एक गुबार-सा आया, जिसने मदन को घेर लिया। उसका सर चकरा गया। जभी बेगम दाया कपड़े में कुछ लपेटे हुए बाहर निकली। कपड़े पे खून ही खून था, जिसमें से कुछ कतरे निकलकर फर्श पर गिर गए। मदन के होश उड़ गए। उसे न मालूम था वह कहां है। आंखें खुली थीं, पर कुछ दिखाई न दे रहा था। बीच में इन्दू की एक मरजीली-सी आवाज आई, "हा···ए", और फिर बच्चे के रोने की आवाज़।

तीन-चार दिन में बहुत कुछ हुआ। मदन ने घर में एक तरफ गड्ढा खोदकर आंवल को दबाया। कुत्तों को अन्दर आने से रोका। लेकिन उसे कुछ याद न था। उसे यों लगा जैसे हरमल की बू दिमाग में बस जाने के बाद आज ही उसे होश आया है। कमरे में वह अकेला ही था और इन्दू—नंद और जसोदा—और दूसरी तरफ नंदलाल··· इन्दू ने बच्चे की तरफ देखा और कुछ टोहने के लिए बोली, "बिल्कुल तुम ही पे गया है।"

"होगा।" मदन ने एक उचटती-सी नज़र बच्चे पर फेंकते हुए

कहा, "मैं तो कहता हूं शुक्र है भगवान का, तुम बच गईं।"

"हां।" इन्दू बोली, "मैं तो समझी थी..."

"शुभ-शुभ बोलो।" मदन ने एकदम इन्दू की बात काटते हुए कहा, "यहां तो जो कुछ हुआ है···मैं तो अब तुम्हारे पास भी नहीं फटकूंगा।" और मदन ने ज़ुबान दातोंतले दबा ली।

"करो तौबा।" इन्दू बोली।

मदन ने उसी दम कान अपने हाथों से पकड़ लिए···और इन्दू नहीफ-सी आवाज़ में हंसने लगी।

बच्चा पैदा होने के बाद कई रोज़ तक इन्दू की नाफ ठिकाने पेन आई। वह घूम-घूमकर उस बच्चे की तलाश कर रही थी जो अब उससे परे, बाहर की दुनिया में जाकर अपनी असली मां को भूल गया था। अब सब कुछ ठीक था और इन्दू शान्ति से इस दुनिया को तक रही थी।···मालूम होता था उसने मदन ही के नहीं दुनिया-भर के गुनहगारों के गुनाह माफ कर दिए हैं और अब, देवी बनकर दया और करुणा के प्रसाद बांट रही है।···मदन ने इन्दू के मुंह की तरफ देखा और सोचने लगा—इस सारे खूनखराबे के बाद, कुछ दुबली होकर इन्दू और भी अच्छी लगने लगी है···जभी एका-एकी इन्दू ने दोनों हाथ अपनी छातियों पे रख लिए।

"क्या हुआ?" मदन ने पूछा।

"कुछ नहीं।" इन्दू थोड़ा उठने की कोशिश में बोली, "इसे भूख लगी है।" और फिर उसने बच्चे की तरफ इशारा किया।

"इसे? ···भूख?" मदन ने पहले बच्चे की तरफ और फिर इन्दू की तरफ देखते हुए कहा, "तुम्हें कैसे पता चला?"

"देखते नहीं?" इन्दू नीचे की तरफ निगाह डालते हुए बोली, "सब गीला हो गया है।"

मदन ने गौर से इन्दू के ढीलेढाले दुगले की तरफ देखा। झर-झर दूध बह रहा था और एक खास प्रकार की बू आ रही थी। फिर इन्दू ने बच्चे की तरफ हाथ बढ़ाते हुए कहा, "इसे मुझे दे दो।"

मदन ने हाथ पंगूड़े की तरफ बढ़ाया और उसी दम खींच लिया।

फिर कुछ हिम्मत से काम लेते हुए उसने बच्चे को यों उठाया कि उसके हाथ चिमटा हो गए और बच्चा कोई मरा हुआ चूहा। फिर उसने बच्चे को इन्दू के गोद में दे दिया जो मदन की तरफ देखते हुए बोली, "तुम जाओ···बाहर।"

"क्यों? बाहर क्यों जाऊं?" मदन ने पूछा।

"जाओ ना," इन्दू ने कुछ मचलते कुछ शर्माते हुए कहा, "तुम्हारे सामने मैं नहीं पिला सकूंगी।"

"ओए!" मदन हैरत से बोला, "मेरे सामने?···नहीं पिला सकेगी?" और यूं नासमझी के अन्दाज़ में सर को झटका देकर बाहर की तरफ चल निकला। दरवाज़े के पास पहुंचकर, मुड़ते हुए उसने इन्दू पर एक निगाह डाली—इतनी खूबसूरत इन्दू आज तक न लगी थी!

बाबू धनीराम छुट्टी पे घर लौटे तो वे पहले से आधे दिखाई पड़ते थे। जब इन्दू ने पोता उनकी गोद में दिया तो वे खिल उठे। वे यों न खिलते तो शायद उनसे इतना डर न लगता। उनके पेट के अन्दर कोई फोड़ा निकल आया था जो दिन-रात के चौबीस घंटे उन्हें एक सूली पर टांगे रखता। अगर मुन्ना न होता तो बाबूजी की इससे दस गुना बुरी हालत होती।

कई इलाज किए गए बाबूजी के। आखिरी इलाज में डाक्टर ने अधन्नी के बराबर पन्द्रह-बीस गोलियां रोज़ खाने को दीं। पहले ही दिन उन्हें इतना पसीना आया कि दिन में तीन-तीन, चार-चार बार कपड़े बदलने पड़े। हर बार मदन कपड़े उतारकर उन्हें बाल्टी में निचोड़ता। सिर्फ पसीने ही से बाल्टी एक-चौथाई भर गई थी। रात को उन्हें मतली-सी महसूस होने लगी और उन्होंने पुकारा, "बहू, ज़रा दांतन तो देना, ज़ायका बहुत खराब हो रहा है।" बहू भागी हुई गई और दांतन ले आई। बाबूजी उठकर दांतन चबा ही रहे थे कि एक उबकाई आई और साथ खून का एक परनाला ले आई। बेटे ने वापस सिरहाने की तरफ लिटाया तो उनकी पुतलियां फिर चुकी थीं और कोई ही दम में वे ऊपर आसमान के गुलज़ार

में पहुंच चुके थे जहां उन्होंने अपने साथियों को पहचान लिया था।

मुन्ने को पैदा हुए कुल बीस-पच्चीस दिन हुए थे। इन्दू ने मुंह नोचकर, सर और छाती पीट-पीटकर खुद को नीला कर लिया। मदन के सामने वही दृश्य था जो उसने कल्पना करते हुए अपने मरने पर देखा था। अन्तर केवल इतना था, इन्दू ने चूड़ियां तोड़ने की बजाय उतारके रख दी थीं। सर पर राख नहीं डाली थी, लेकिन ज़मीन पर से मिट्टी लग जाने, और बालों के बिखर जाने से चेहरा भयानक हो गया था। 'लोगो! मैं लुट गई' की जगह उसने एक दिल हिलानेवाली आवाज़ में चिल्लाना शुरू कर दिया था : "लोगो! हम लुट गए।"

घर-बार का कितना बोझ मदन पर आ पड़ा था, इसका अभी मदन को पूरी तरह से अन्दाज़ा नहीं था। सुबह होने तक उसका दिल लपककर मुंह में आ गया। वह शायद बच न पाता अगर वह घर के बाहर, बदरौ के किनारे सील चढ़ी मिट्टी पर औंधा लेटकर, अपने दिल को ठिकाने पर न लाता···धरती मां ने, छाती से लगाकर अपने इस बच्चे को बचा लिया था। छोटे बच्चे, कुन्दन, दुलारी मुन्नी, पाशी यों मचल रहे थे जैसे घोंसले पे शिकरे के हमले पे चिड़िया के बोंट चोंचें ऊपर उठा-उठाकर चीं-चीं करते हैं। उन्हें अगर कोई परों के नीचे समेटती थी तो इन्दू···

नाली के किनारे पड़े-पड़े मदन ने सोचा—अब तो यह दुनिया मेरे लिए खत्म हो गई। क्या मैं जी सकूंगा? ज़िन्दगी में कभी हंस भी सकूंगा? वह उठा और उठकर घर के अन्दर चला आया।

सीढ़ियों के नीचे गुसलखाना था जिसमें घुसकर, अन्दर से किवाड़ बन्द करते हुए मदन ने एक बार फिर इस सवाल को दुहराया—मैं कभी हंस भी सकूंगा?—और वह खिलखिलाकर हंस रहा था हालांकि उसके बाप की लाश अभी पास ही, बैठक में पड़ी थी!

बाप को आग के हवाले करने से पहले मदन, अर्थी पे पड़े हुए जिस्म के सामने डंडौत के अन्दाज़ में लेट गया। यह उसका अपने जन्मदाता को आखिरी प्रणाम था, तिसपर भी वह रो न रहा था।

उसकी यह हालत देखकर, मातम में शरीक़ होनेवाले रिश्तेदार, मुहल्ले वाले सन्न-से रह गए। फिर हिन्दू रिवाज के मुताबिक, सबसे बड़ा बेटा होने की हैसियत में, मदन को चिता जलानी पड़ी। जलती हुई खोपड़ी में कपालक्रिया की लाठी मारनी पड़ी···औरतें बाहर ही से, श्मशान के कुएं पे नहाकर घर लौट चुकी थीं। जब मदन घर पहुंचा तो वह फिर कांप रहा था। धरती मां ने थोड़ी देर के लिए जो ताक़त अपने बेटे को दी थी, रात के घिर आने पे फिर से हौल में ढल गई···उसे कोई सहारा चाहिए था, किसी ऐसे जज़्बे का सहारा जो मौत से भी बड़ा हो। उस वक्त धरती की बेटी, जनकदुलारी इन्दू ने किसी घड़े में से पैदा होकर इस राम को अपनी बांहों में ले लिया ···उस रात अगर इन्दू अपने-आप यूं मदन पे निसार न कर देती तो इतना बड़ा दुःख मदन को ले डूबता।

दस ही महीने के अन्दर-अन्दर इन्दू का दूसरा बच्चा चला आया। बीवी को इस नरक की आग में धकेलकर मदन खुद अपना दुःख भूल गया था। कभी-कभी उसे ख्याल आता, अगर मैं शादी के बाद बाबूजी के पास गई हुई इन्दू को न बुला लेता तो शायद वे इतनी जल्दी न चल देते। लेकिन फिर वह बाप की मौत से पैदा हुए नुक-सान को पूरा करने में लग जाता···कारोबार, जो पहले बे-ध्यानी की वजह से बन्द हो गया था, मजबूरन चल निकला।

उन दिनों बड़े बच्चे को मदन के पास छोड़कर, छोटे को छाती से लगाए, इन्दू मायके चली गई थी। पीछे मुन्ना तरह-तरह की ज़िद करता था जो कभी मानी जाती थी और कभी नहीं भी। मायके से इन्दू का खत आया—मुझे यहां अपने बेटे के रोने की आवाज़ आती है, उसे कोई मारता तो नहीं?···मदन को बड़ी हैरत हुई एक जाहिल, अनपढ़ औरत···ऐसी बातें कैसे लिख लेती है? फिर उसने अपने-आपसे पूछा—क्या यह भी कोई रटा हुआ फिकरा है?

साल गुज़र गए। पैसे कभी इतने न आते कि उनसे ऐश हो सके लेकिन गुज़ारे मुवाफिक आमदनी ज़रूर हो जाती थी। दिक्कत उस वक्त होती जब कोई बड़ा खर्च सामने चला आता—कुंदन का

दाखिला देना है, दुलारी मुन्नी का शकुन भिजवाना है। उस वक्त मदन मुंह लटकाकर बैठ जाता। और फिर इन्दू एक तरफ से आती —मुस्कराती हुई—और कहती, "क्यों दुःखी हो रहे हो?" मदन उम्मीद-भरी नज़रों से उसकी तरफ देखते हुए कहता, "दुःखी न होऊ? कुंदन का बी० ए० का दाखिला देना है···मुन्नी···" इन्दू फिर हंसती और कहती, "चलो मेरे साथ।" और मदन भेड़ के बच्चे की तरह इन्दू के पीछे चल देता। इन्दू सन्दल के सन्दूक के पास पहुंचती जिसे किसीको, मदन-समेत, हाथ लगाने की इजाज़त न थी। कभी-कभी इस बात पे खफा होकर मदन कहता, "मरोगी तो इसे भी छाती पे डालकर ले जाना," और इन्दू कहती, "हां, ले जाऊंगी।" फिर इन्दू वहां से मतलूबा रकम निकालकर सामने रख देती।

"यह कहां से आए पैसे?"

"कहीं से भी आए···तुम्हें आम खाने से मतलब है!···"

"फिर भी?"

"जाओ तुम—चलाओ काम अपना।"

और जब मदन ज़्यादा सर होता तो इन्दू कहती, "मैंने एक सेठ दोस्त बनाया है ना, और फिर हंसने लगती। झूठ जानते हुए भी मदन को यह मज़ाक अच्छा न लगता। फिर इन्दू कहती, "मैं चोर-लुटेरा हूं—तुम नहीं जानते? सखी लुटेरा—जो एक हाथ से लूटता है और दूसरे हाथ से गरीब-गुरबा को दे देता है।"···इसी तरह मुन्नी की शादी हुई जिसपर ऐसी ही लूट के जेवर बिके, कर्ज़ा चढ़ा और फिर उतर भी गया!

ऐसे ही कुन्दन भी ब्याहा गया। उन शादियों पर इन्दू ही 'हथ-भरा' करती थी और मां की जगह खड़ी हो जाती। आसमान से बाबूजी और मां देखा करते और फूल बरसाते, जो किसीको नज़र न आते। फिर ऐसा हुआ ऊपर मांजी और बाबूजी में झगड़ा चल गया। मांजी ने बाबूजी से कहा—तुम तो बहू के हाथ की पकी हुई खा आए हो, उसका सुख भी देखा है, पर मुझ नसीबोंजली ने कुछ भी नहीं देखा···और यह झगड़ा विष्णु, महेश और शिव तक पहुंचा। उन्होंने मां के हक में फैसला दिया···और यूं मां मृत्युलोक में आकर बहू

की कोख में पड़ी और इन्दू के यहां एक बेटी पैदा हुई···

फिर इन्दू ऐसी देवी भी न थी। जब कोई उसूल की बात होती तो ननद, देवर तो क्या खुद मदन से भी लड़ जाती। मदन सच्चाई की इस मूरत को खफा होकर हरिश्चन्द्र की बेटी कहा करता था। चूंकि इन्दू की बातों में, उलझाऊ होने के बावजूद सच्चाई और धर्म कायम रहते थे, इसलिए मदन और कुनबे के बाकी सब लोगों की आंखें इन्दू के सामने नीची रहती थीं। झगड़ा कितना भी बढ़ जाए, मदन अपने शौहरी गरूर में कितना भी इन्दू की बात को रद कर दे, लेकिन आखिर सभी सर झुकाए हुए इन्दू की शरण में आते थे और उससे क्षमा मांगते थे।

नई भाभी आई। कहने को तो वह भी बीवी थी; लेकिन इन्दू एक औरत थी जिसे बीवी कहते हैं, उसके उलट छोटी भाभी रानी एक बीवी थी जिसे औरत कहते हैं। रानी के कारण भाइयों में झगड़ा हुआ और जे० पी० चाचा की मारफत बंटवारा हुआ जिसमें मां-बाप की जायदाद तो एक तरफ, इन्दू की अपनी बनाई हुई चीज़ें भी बंटवारे की ज़द में आ गई और इन्दू कलेजा मसोसकर रह गई। जहां सब कुछ मिल जाने के बाद, अलग होकर भी कुन्दन और रानी ठीक से न बस सके थे, वहां इन्दू का नया घर दिनों ही में जगमग-जगमग करने लगा।

बच्ची की पैदाइश के बाद इन्दू की सेहत वह न रही। बच्ची हर वक्त इन्दू की छातियों से चिपटी रहती थी। जहां सभी गोश्त के इस लोथड़े पर थू-थू करते थे वहां एक इन्दू थी जो उसे कलेजे से लगाए फिरती, लेकिन कभी खुद भी परेशान हो उठती और बच्ची को सामने झलंगे में फेंकते हुए कह उठती :

"तू मुझे जीने भी देगी, मां··· ?"

और बच्ची चिल्ला-चिल्लाकर रोने लगती।

मदन इन्दू से कटने लगा। शादी से लेकर इस समय तक उसे वह औरत न मिली थी जिसकी वह खोज में था। गंदा बिरोज़ा बिकने लगा और मदन ने बहुत-सा रुपया इन्दू से बाला-बाला खर्च

करना शुरू कर दिया। बाबूजी के चले जाने पर कोई पूछनेवाला भी तो न था। पूरी आज़ादी थी।

पड़ोसी सिब्ते की भैंस फिर मदन के मुंह के पास फुंकारने लगी, बल्कि बार-बार फुंकारने लगी। शादी की रात वाली भैंस तो बिक चुकी थी लेकिन उसका मालिक ज़िंदा था। मदन उसके साथ ऐसी जगहों पर जाने लगा जहां रोशनी और साये अजीब बेढंगी-सी शक्लें बनाते हैं। नुक्कड़ पर कभी अंधेरे की तिकोन कि ऊपर से खट से रोशनी की एक चौकोर आकर उसे काट देती है। कोई तस्वीर पूरी नहीं बनती। मालूम होता है बगल से एक पाजामा निकला और आसमान की तरफ उड़ गया, या किसी कोट ने देखनेवाले का मुंह पूरी तरह से ढक लिया और वह सांस के लिए तड़पने लगा। जभी रोशनी की चौकोर एक चौखटा-सी बन गई और उसमें एक सूरत आकर खड़ी हो गई। देखनेवाले ने हाथ बढ़ाया तो वह आरपार चला गया जैसे वहां कुछ भी न था। पीछे कोई कुत्ता रोने लगा ऊपर तबल ने उसकी आवाज़ डुबो दी।

मदन को उसकी कल्पना के कुछ चित्र मिले। लेकिन हर स्थान पर ऐसा लगता था जैसे कलाकार से एक रेखा गलत लग गई, या हंसी की आवाज़ ज़रूरत से ज़्यादा ऊंची थी और मदन बेदाग कारी-गरी और समान हंसी की तलाश में खो गया।

सिब्ते ने उस वक्त अपनी बीवी से बात की जब बेगम सिब्ते ने मदन को मिसाली शौहर की हैसियत से सिब्ते के सामने पेश किया। पेश ही नहीं किया बल्कि मुंह पर मारा। उसीको उठाकर सिब्ते ने बेगम के मुंह पर दे मारा। मालूम होता था किसी खूनी तरबूज़ का गूदा है जिसके रग-रेशे बेगम की नाक, उसकी आंखों और कानों पे लगे हुए हैं। करोड़-करोड़ गालियां बकती हुई बेगम ने अपनी याद की टोकरी में गूदा और बीज उठाए···और इन्दू के साफ-सुथरे सहन में बखेर दिए।

एक इन्दू की बजाय दो इन्दू हो गई। एक तो इन्दू खुद थी और दूसरी एक कांपती हुई लकीर जो इन्दू के पूरे शरीर को घेरे हुई थी और जो दिखाई नहीं दे रही थी···

मदन कहीं जाता भी था तो घर से होकर—नहा-धो, अच्छे कपड़े पहन, मघई की एक जोड़ी जिसमें खुशबूदार किमाम लगा हो, मुंह में रखकर···लेकिन उस दिन जो मदन घर आया तो घर की राक्ल ही दूसरी थी। उसने चेहरे पर पाउडर थोप रखा था। गालों पे रोज़ लगा रखी थी। लिपस्टिक के न होने पे होंठ माथे की बिन्दी से रंग लिए थे—और बाल कुछ इस तरीके से बनाए थे कि मदन की नज़रें उनमें उलझकर रह गईं।

"क्या बात है आज?" मदन ने हैरान होकर पूछा।

"कुछ नहीं, इन्दू ने मदन से नज़रें बचाते हुए कहा, "आज फुर-सत मिली है।"

शादी के पन्द्रह वर्ष गुज़र जाने के बाद आज इन्दू को फुरसत मिली थी और वह भी उस वक्त जबकि चेहरे पर झाइयां चली आई थीं, नाक पे एक काली-सी काठी बन गई थी, और ब्लाउज़ के नीचे, नंगे पेट के पास, कमर पे चरबी की दो-तीन तहें-सी दिखाई देने लगी थीं···आज इन्दू ने ऐसा बंदोबस्त किया था कि इन ऐबों में से एक भी चीज़ नज़र न आती थी। यों बनी-ठनी, कसी-कसाई वह बेहद हसीन लग रही थी। 'यह नहीं हो सकता,' मदन ने सोचा और उसे एक धक्का-सा लगा। उसने फिर एक बार मुड़कर इन्दू की तरफ देखा—जैसे घोड़ों के व्यापारी किसी नामी घोड़ी की तरफ देखते हैं—वहां घोड़ी भी थी और लाल लगाम भी···यहां जो गलत रेखाएं लगी थीं, शराबी आंखों को न दिख सकीं···इन्दू सचमुच खूबसूरत थी, आज भी पन्द्रह साल के बाद, फूला, रशीदा, मिसेज़ राबर्ट और उनकी बहनें उसके सामने पानी भरती थीं···फिर मदन को तरस आने लगा और एक डर···।

आसमान पर कोई खास बादल भी नहीं थे लेकिन पानी पड़ना शुरू हो गया। इधर घर की गंगा में तूफान आया गया था और उसका पानी किनारों से निकल-निकलकर पूरी तराई और उसके आसपास बसनेवाले गांव और कस्बों को अपनी लपेट में ले रहा था। ऐसा मालूम होता था, इसी रफ्तार से पानी बढ़ता रहा तो उसमें कैलास पर्वत भी डूब जाएगा···। उधर बच्ची रोने लगी—

ऐसा रोना जो वह आज तक न रोई थी। मदन ने उसकी आवाज़ सुनकर आंखें बन्द कर लीं, खोलीं तो वह सामने खड़ी थी। जवान औरत बनकर। नहीं, नहीं, वह इन्दू थी। अपनी मां की बेटी, अपनी बेटी की मां, जो अपनी आंखों के दुंबाले से मुस्कराई और होंठों के कोने से देखने लगी!

उसी कमरे में जहां एक दिन हरमल की धूनी ने मदन को चकरा दिया था, आज खस की खुशबू ने बौखला दिया। हल्की बारिश तेज़ बारिश से ज़्यादा खतरनाक होती है, इसलिए बाहर का पानी ऊपर किसी कड़ी में से रिसता हुआ इन्दू और मदन के बीचटपकने लगा··· लेकिन मदन तो शराबी हो रहा था। इस नशे में उसकी आंखें सिमटने लगीं और सांसे तेज़ होकर इंसान की सांसें न रहीं।

"इन्दू!" मदन ने कहा···और उसकी आवाज़ शादी की रात वाली पुकार से दो सुर ऊपर थी···और इन्दू ने परे देखते हुए कहा, "जी"···और उसकी आवाज़ दो सुर नीची थी···फिर आज चांदनी की बजाय अमावस थी।

इससे पहले कि मदन इन्दू की तरफ हाथ बढ़ाता, इन्दू खुद ही मदन से लिपट गई। फिर मदन ने हाथ से इन्दू की ठोड़ी ऊपर उठाई और देखने लगा, उसने क्या खोया, क्या पाया है? इन्दू ने एक नज़र मदन के काले पड़ते चेहरे की तरफ फेंकी और फिर आंखें बन्द कर लीं।

"यह क्या?" मदन ने चौंकते हुए कहा, "तुम्हारी आंखें सूजी हुई हैं!"

"यों ही," इन्दू ने कहा और बच्ची की तरफ इशारा करते हुए बोली, "रात-भर जगाया है इस चुड़ैल मय्या ने।"

बच्ची अब तक खामोश हो चुकी थी, गोया दम साधे देख रही थी, अब क्या होनेवाला है। आसमान से पानी पड़ना बन्द हो गया था। मदन ने फिर गौर से इन्दू की आंखों की तरफ देखते हुए कहा:

"हां, मगर···यह आंसू···?"

"खुशी के हैं," इन्दू ने जवाब दिया, "आज की रात मेरी है," और फिर एक अजीब-सी हंसी हंसते हुए वह मदन से चिपट गई। एक आनन्द पाते हुए मदन ने कहा, "आज बरसों के बाद मेरे मन की

मुराद पूरी हुई, इन्दू! मैंने हमेशा चाहा था···"

"लेकिन तुमने कहा नहीं," इन्दू बोली, "याद है, शादी की रात मैंने तुमसे कुछ मांगा था?"

"हां," मदन बोला, "अपने दुःख मुझे दे दो।"

"तुमने तो कुछ न मांगा मुझसे?"

"मैंने?" मदन ने हैरान होते हुए कहा, "मैं क्या मांगता?···मैं तो जो कुछ मांग सकता था, वह सब तुमने दे दिया—मेरे सगों से प्यार, उनकी शिक्षा, ब्याह-शादियां, ये प्यारे-प्यारे-से बच्चे—सब कुछ तो तुमने दिया···"

"मैं भी यही समझती थी, इन्दू बोली, "पर अब जाकर पता चला, ऐसा नहीं।"

"क्या मतलब?"

"कुछ नहीं," इन्दू ने कहा, "मैंने एक चीज़ तुमसे रख ली।"

"क्या चीज़ रख ली?"

इन्दू कुछ देर चुप रही और फिर अपना मुंह परे करते हुए बोली, "अपनी लाज—खुशी अपनी···उस वक्त तुम भी कह देते। अपने सुख मुझे दे दो, तो मैं···" और इन्दू का गला रुंध गया। कुछ देर के बाद वह बोली, "अब तो मेरे पास कुछ भी नहीं रहा।"

मदन के हाथों की पकड़ ढीली पड़ गई। वह धरती में गड़ गया। यह अनपढ़ औरत! ···कोई रटा हुआ फिकरा···! नहीं तो ···यह तो अभी सामने ज़िन्दगी की भट्ठी से निकला है। अभी तो इसपर बराबर हथौड़े पड़ रहे हैं और आग का बुरादा चारों तरफ उड़ रहा है।

कुछ देर के बाद मदन के होश ठिकाने आए और वह बोला, "मैं समझ गया इन्दू।"

फिर रोते हुए, मदन और इन्दू एक-दूसरे से लिपट गए। जभी इन्दू ने मदन का हाथ पकड़ा और उसे ऐसी दुनियाओं में ले गई जहां मनुष्य मर कर ही पहुंच सकता है···